蓬萊島物語之

虎姑娘

Aris
雅豊斯／著
麻繩／繪

【各界名家推薦】

《蓬萊島物語之虎姑娘》是一本風格清新、充滿人情溫度的奇幻小說。故事奠基於臺灣民俗傳說《虎姑婆》，延伸出背後神祕而廣袤、人與妖共存的蓬萊世界。人類面對迷霧籠罩的森林，既是恐懼，卻又充滿無窮的可能性，等待被深入探索。主角們就生活在這片土地上，逐步挖掘猛虎吃人事件的真相，同時也探索自己內心真正的情感。在懸疑的氣氛中，洋溢著曖昧情愫，為故事更增添許多浪漫色彩。這個豐富精彩的故事，誠摯推薦給期待在想像世界經歷一段冒險的你。

——**林孟寰**（大資）（《通靈少女》共同編劇／臺中國家歌劇院駐館藝術家）

還記得小時候聽過的故事《虎姑婆》嗎？那啃小孩指頭有如啃花生的描述總令我嚇得趕緊蒙頭閉眼睡覺。這本充滿趣味的翻案小說，顛覆了我對傳統故事中虎姑婆的觀感。作者以詼諧的橋段，還有充滿想像力的巧思安排，讓小說情節更生動精彩，並且想要一口氣讀完它。

書中處處藏有幽默的諧音梗，閱讀時總令人忍不住會心一笑。這本書不僅用另類視角詮釋經典傳說故事，賦予人們對虎姑婆有更多想像空間，更探討著人類與動物之間的矛盾關係，還有人類在面對未知恐懼時可能會犯下的錯誤，也藉由勇敢的女主角，展現出如何用智慧和行動來化解對立的仇恨。

如果你還記得小時候聽完虎姑婆的模樣，非常推薦你來看看這本書，你將從中發現長大後的自己，並且微笑著期待遇見虎姑娘。

——**曹琬玲**（自由譯者，近期譯作《天庭傳奇》系列）

《蓬萊島物語之虎姑娘》重新翻轉經典童話中「虎姑婆」反派角色的形象，並以全新的敘事視角及嶄新的觀點，詮釋一個新世代獨立女性本於智慧及勇氣實現正義的故事，徹底扭轉我們對虎姑婆、乃至於社會對女性的刻板印象。

我們看到向來童話中被掩蓋或忽略的事實：原來虎姑婆「被反派」的背後隱藏了殘酷的真相。作者Aris雅豊斯大膽挑戰傳統設定及價值觀，也挑戰了讀者心中那一把習以為常用來判斷正邪善惡的尺，使我們在她創造的奇幻世界中得以反思現實世界的種種。

本書亦與臺灣民俗、宗教、歷史等文化領域緊密相連（詳見姊妹作《虎姑婆調查報告》）。虎姑婆不再是會吃人的妖怪，甚至還化身為「虎爾摩斯」？如此絕妙的設定，儼然已開創「重生系童話」的全新類別。

在二〇世紀的日本，翻案童話的代表作有太宰治的《御伽草紙》；或許Aris雅豊斯的《蓬萊島物語之虎姑娘》能成為二十一世紀的臺灣翻案童話代表作！

——**謝良駿**（寬和法律事務所主持律師）

推薦序　顛覆刻板的新穎之作

林庭毅（奇幻作家、台灣犯罪作家聯會常務監事）

我和本書作者Aris雅豊斯的結識是一個非常特別的緣分。早從二〇二〇年開始，文化內容策進院籌辦一系列出版作品的徵選，在下很幸運地連續三年皆有入選，值得一提的是，我注意到每年入選名單內，有一部作品總是年年入選，大殺四方，那部作品名叫《律政女王》，作者正是雅豊斯。

二〇二二年，我因為入選釜山影展亞洲內容暨電影市場展的緣故，在韓國首爾準備前往釜山的路途上，終於有機會和雅豊斯見上面，知曉了她的執業律師身分，更讓我大感意外的是，在國際影人聚集的影展上，雅豊斯毫不怯場地在講台上展現說故事的天賦與魅力，令人印象深刻。

創作的過程是一條絢麗多彩，卻又孤單的道路，目的只為了打造出逼真又引人共感的世界。在此過程中，需要過人的洞察、深刻的理解，以及熟練的敘事手法，才能緩慢完成這一項技藝。創作者所經歷過的人事物，以及閱讀過的書籍，皆有轉化成未來傑出故事的可能性。在雅豊斯的前作《律政女王》中，我見到了年輕律師闖蕩業界的艱辛、政商界的糾葛、動人的情感，以及細膩鋪陳後的反轉結尾，由此可知，作者也將自身多年來的見聞投入其中，才能完成如此寫實生動的職人小說。

正當我以為雅豊斯的下一部作品將繼續朝律政題材邁進時，忽然得知她新作題材的消息：虎姑婆。我有沒有看錯？難不成是虎姑婆變身成為律師的特殊系職人小說？還是審判虎姑婆連續謀害幼童的法庭劇？一讀之下，上述猜測皆不是，這是一部發生在古代的奇幻小說。從小說的敘事行文，我幾乎見不到她前作的筆法，大量引用來自傳統古籍文獻、中醫藥學，再到彷彿武俠小說的敘事口吻，變化之大，可以想像雅豊斯為了撰寫本作必須投入的苦工。

話雖如此，但《蓬萊島物語之虎姑娘》並非一部晦澀難懂的小說，雅豊斯巧妙地將大家耳熟能詳的鄉野傳說《虎姑婆》，從一隻令人驚懼的精怪，搖身一變，幻化成為一位俏皮討喜的「虎姑娘」，而故事背景雖發生在古代，但對話生動易懂，不時穿插幾句現代的用語，讓人讀來感到十分親切。

在閱讀本作的過程中，我好幾次陷入自己多年前的記憶畫面，不停地回想幼時對虎姑婆傳說的印象。那時我還沒開始創作，清楚記得每逢放假不用去學校的日子，時常一個人待在鄰近的圖書館，手裡抱著一本又一本的故事書。當年，我最喜愛閱讀的就是各種鄉野奇談與靈異鬼怪的故事，它開啟了日後我創作奇幻小說的基礎，理解原來在數百年前，現實與虛構的邊界竟可如此模糊，虛實難辨，卻又富有意義。

最後，我認為《蓬萊島物語之虎姑娘》的故事場景設定雖然久遠，卻是一部十分新穎的小說，它翻轉了虎姑婆就該兇惡的印象，巧妙地以親切俏皮、惹人注目的年輕少女模樣出現。而故事裡的虎姑娘也不吃人，她喜愛小孩，美貌又善良，顛覆世人對老虎精怪的舊形象。有趣的是，故事裡出現的反派集團，竟是我們日常生活中常見的萌寵之一！如此設定也令人莞爾。

在這樣一部推翻舊設定的翻案小說中，也讓讀者開始思考「眼見不一定為憑」，尤其是身處在一個真假訊息流通過快的時代，本書能帶給讀者不同以往的閱讀體驗和反思。

推薦序　經典翻轉的現代意涵

陳培瑜（資深閱讀推廣人、資淺政治工作者）

虎姑婆的故事是臺灣民間文學中的一個經典，講述了老虎化身為女性的年長者並且試圖吃掉小孩的驚悚故事。然而這個故事從現在的角度來看，其實充滿著對年長女性的貶義，並且反映了社會大眾對特定年齡階段女性的偏見與恐懼，而我們卻不自覺！

首先，虎姑婆的形象是一個威脅和恐怖的象徵。故事中的虎姑婆是一個擅長偽裝的老虎，她以照顧者的身分出現，但實際上是為了吞食小孩。這種形象加深了對年長女性的不信任，將她們描繪成隱藏著邪惡意圖的存在。這樣的描繪方式，無疑是對年長女性的不公指控，忽略了她們在家庭和社會中的積極貢獻。

其次，虎姑婆故事中的年長女性被異化和妖魔化了。老虎和姑婆的結合暗示著年老女性的變異和非人性，這是一種對她們外貌和存在價值的貶低。女性隨著年齡增長，面臨的不僅是生理上的變化，還有社會對她們的刻板印象和歧視。將年長女性描繪成妖怪，不僅扭曲了她們的真實形象，還加劇了社會對她們的偏見。

此外，故事中的虎姑婆也是一個孤獨的角色，缺乏家庭和社會支持，這反映了對年長單身女性的負面態度。而這種孤立的形象強化了社會對未婚或無子女女性的歧視，暗示她們注定是孤獨和可怕的存在。這種觀點更忽略了現代女性其實可以有多種選擇，無論是婚姻、家庭還是獨立生活，都應該得到尊重和理解。

從一位作家的角度來看，本書作者Aris雅豊斯為虎姑婆的故事帶來全新的翻案解釋，再次提醒我們應該不斷更新並提昇對年長女性的理解和尊重。這樣的改編不僅有助於改變刻板印象，還能讓這個故事在現代社會中獲得新的意義。如果說舊時代的虎姑婆故事反映了對年長女性的偏見和歧視，那麼藉由重新詮釋這個故事，作者其實是在帶領讀者一起去挑戰那些負面的刻板印象，同時也讓大家對於不分年齡的所有女性有更多的尊重和理解。

我們應該承認年長女性的智慧、經驗和貢獻，而不是將她們妖魔化；現代社會則應該摒棄對年齡和性別的偏見，以創造一個更加包容和多元的環境。

我很開心能看到這樣的重新詮釋，Aris不僅賦予角色更多的深度和人性，也將她富有人性溫暖的一面展現在故事之中。看著看著，我不禁想著，如果我也能認識這麼一位勇敢的朋友，那就太好了！此外，故事裡的小金以自己的方式來保護和教育小孩，也為我們這個世代的成人帶來另一個提醒：對待孩子也可以如此地沒有壓力、陪他們好好玩耍也是一件極為重要的事！

我希望有更多人看見這個故事，一起為創造更多元的環境而努力。

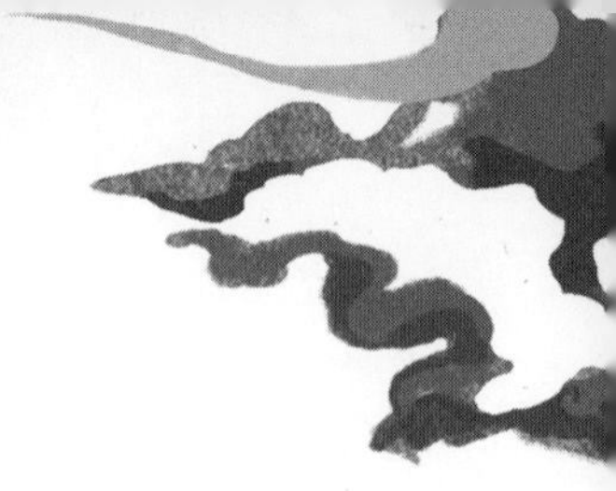

目次

卷一　傳說

卷一　外傳

人物介紹

小金（虎姑娘）

虎族，外觀年齡約十六至十八歲的少女，真實年齡不詳。個性活潑開朗、勇敢果斷，路見不平一定挺身相助。擁有超強嗅覺及直覺，運動神經發達，有變身能力及法力。興趣是睡覺、吃東西、陪人類小孩玩耍。喜歡金色、秋天、捏麵人、畫糖人及所有美食。不擅長讀書寫字。最討厭被人誤會。

卓清揚

人族，男性，三十歲，生肖屬狗。職業是大夫。個性忠厚木訥、容易害羞和心軟。喪偶，擁有一雙子女，還在學習如何做一個好爸爸。飽讀詩書、精通醫術及藥理，曾隨師父遊歷各地行醫因而見多識廣。興趣是讀書寫字、吟詩作賦及上山採藥。喜歡綠色、春天及小茴香。不擅長表達心意。最討厭救不活病患。

妹仔

人族，女性，九歲，生肖屬豬。個性謹慎仔細、堅毅老成。擅長察言觀色及裁縫。興趣是讀醫書、製藥、說故事。長大之後想成為一名大夫。喜歡粉紅色、夏天、芋圓及粉粿。不擅長說好聽話。最討厭無法據理力爭。

阿弟

人族，男性，六歲，生肖屬虎。個性膽小任性、貪吃、愛記仇。擅長尖叫及裝病。興趣是養寵物、交朋友、聽故事。長大之後想四處遊歷兼賣雜貨，賺錢購屋飼養奇珍異獸。喜歡藍色、夏天、仙草及糖葫蘆。不擅長守規矩。最討厭被管教。

小黃（黃山雀）

鳥族，外觀年齡約十五、六歲的少男，真實年齡不詳。小金的好朋友，足智多謀但嘴賤，擅長情報蒐集與調查，有變身能力及法力。興趣是讀書、推理、猜謎、抬槓。喜歡黃色、春天及瓜子。不擅長憑直覺做事。最討厭幫小金收拾爛攤子。

阿嬤（西王母）

虎族，外觀年齡約六十多歲的貴婦，真實年齡不詳。小金的奶奶，山林的守護者，賞善罰惡，有變身能力及最高法力。興趣是園藝、和孫女聊天、揭露真相。喜歡紅色、金色、秋天及愛玉。不擅長裝傻。最討厭小金偷跑出去玩耍。

光明教教主

外觀年齡約四十多歲的霸總，真實姓名、種族及年齡均不詳。有變身能力及法力，興趣是寶物鑑定及收藏，喜歡黑色。不擅長退讓及妥協，最討厭冬令進補。

卷一　傳說

楔子

蓬萊島在海中，此島萬物盡有，萬物有靈。有珍禽奇獸、五彩玉樹及不死之藥，自古四方來求。

黑水之前，有大山，百果所生，名曰蓬萊。其上有赤金美玉，其下有弱水淵環，水流注於明澤，其狀北如日，南如月。山上有神，人面善笑，虎齒虎身，有文有尾，皆金。

黑水之南，有大澤方千里，多銀碧，名曰蛋池。有神，人首蛇身，紫衣朱冠，面如美玉，乘霧而飛。掌仙藥，人主得而饗食之，伯天下。

第一回　王者現身

「啞啞啞啞……」烏鴉淒厲的啼叫劃破了天際，夜晚的迷霧森林籠罩著一股不祥的氣氛。

一名衣衫襤褸的小男孩光著腳，在森林裡拚命地向前奔跑，發出沙沙沙的聲音。

他的雙腿纖瘦如鶴，黝黑的臉上充滿驚恐，雙頰上豆大的水珠滑落，分不清楚到底是汗水還是淚水。

在他孱弱的身軀背後，有一尊異常巨大的黑色形體窮追不捨，宛如一座移動中的小山丘。牠有一雙赤紅色的銅鈴大眼，鼻孔發出一股異常炙熱的氣息，就像一座即將爆發的火山，即將吞噬一切。

忽然間，小男孩被一根橫躺在地上的朽木絆了一下，身體失去平衡、跌倒在地。

他的頭部受到撞擊，一陣強烈的疼痛感襲來，既恐懼又疲累的他，索性以一種驚天地、泣鬼神的態度放聲大哭。

「嗚嗚嗚嗚嗚嗚……」

那個巨大的黑影終於停下腳步，牠深深地吐了一大口氣，如狂風般捲起一地落葉。

在月光的照映下，一張毛茸茸的大臉咧著嘴，露出兩排陰森利齒，不懷好意地笑。

是阿嬤說過的魔神阿蓋！

小男孩瞪大眼睛、摀住嘴巴，嚇得將自己的身體縮成一團，瑟瑟發抖。

魔神阿蓋緩緩地走向小男孩，準備收獲這得來毫不費功夫的獵物，牠打算將男孩帶回巢穴好好玩弄一番，待他筋疲力盡之後，再一口氣吃了他。

牠笑著伸出利爪，目標一把插進小男孩的背脊，卻被一聲突如其來、如雷震耳的嘶吼嚇得愕然收手。

小男孩也嚇得魂飛魄散，竟忘了哭泣。

霎時間，天地寂靜，萬物無聲，時間如凝，連空氣也停止流動。

一股強大的壓迫感逼得魔神阿蓋倏然回神。

前方，一座枝葉參天的百年茄冬樹下，出現一團炫目金光。

魔神阿蓋定睛一看，竟然是一隻有著淡金色皮毛、黑褐色條紋的巨虎，以守護者之姿站在小男孩前面，以一種王者降臨的驕傲眼神，虎視眈眈地望著自己。

第二回　很久以前

很久很久以前，一個秋天微涼的夜晚，弱水村裡有一戶人家的父親外出工作，留下一對年幼的姊弟看家。

綁著兩根長長的麻花辮，皮膚白裡透紅，眼睛大大的，穿著一襲寬鬆花布衣裳的是姊姊，名叫「妹仔」，今年九歲。

個子瘦瘦小小，皮膚黝黑，眼睛細細長長的，一身素淨藍染布衣的是弟弟，名叫「阿弟」，今年六歲。

妹仔使盡渾身解數哄騙躺在床上許久的阿弟，希望他趕快閉上眼睛進入夢鄉，偏偏阿弟卻不停地問東問西，遲遲不肯入睡。

於是一向好脾氣的妹仔終於忍不住發火了。

「阿弟，你到底怎樣才肯乖乖睡覺？不要明天早上阿爸回來了，你還躺在床上賴床，害我被罵。」

「姊姊，我想要聽妳講故事。」阿弟眨著閃亮亮的眼睛，撒嬌地說。

「又要講故事？」

妹仔嘆了口氣，勉為其難道：「從前從前，有一個老公公和老婆婆，老公公和老婆婆說：『老伴啊，讓我來和你說一個故事吧，從前從前，有一個老公公和老婆婆——』」

阿弟嘟嘴抗議：「姊姊，我不要聽這個阿爸講到爛掉的故事，我要聽別的！」

「那我講蛇郎君的故事？從前從前有一位老樵夫，他有三個女兒——」

「那是妳喜歡的，我又不喜歡。我最討厭蛇了，滑溜溜的，妳換一個。」

「很久很久以前，有一個獵人追著一隻大白鹿——」

「吼！日月潭的故事我已經聽過八萬遍了，妳可以講一個特別一點的嗎？」

「嘖！好吧！那我就跟你講一個，你聽完以後會馬上蓋被子躲起來，乖乖閉上眼睛睡覺的故事。」妹仔表情誇張道。

阿弟點點頭，亮晶晶的眼中滿是期待，於是妹仔說了一個從前媽媽告訴她的故事。

很久很久以前，在一個山腳下的村子裡，有一戶人家的爸爸和媽媽出遠門去辦事情，隔天早上才會回來，他們留下姊姊阿金和弟弟阿裕一起看家。

傳說，在附近的深山裡住著一個會吃人的妖怪，於是爸爸、媽媽在出門前特別交代姊姊和弟弟：「你們千萬不能幫不認識的人開門喔！也絕對不能讓陌生人進來家裡，知道嗎？」

姊姊和弟弟很聽話，他們點點頭，答應爸媽他們千萬、絕對不會幫不認識的陌生人開門，於是爸媽放心地出門了。

沒想到，到了半夜，弟弟的肚子突然餓得受不了，一直咕嚕、咕嚕、咕嚕地叫，害他想睡覺也睡不著，只好在床上一直滾來滾去、滾來滾去。

弟弟好想吃東西，可是家裡已經沒有東西可以吃了，於是他幻想著如果有人能把熱騰騰又香噴噴的食物送上門來，那該有多好？

唉！好餓，真的好餓啊！

忽然間，出現了「叩、叩、叩」的聲音。

咦？這麼晚了，怎麼會有人敲門呢？

姊姊從床上爬起來，走到門旁邊，把臉貼在門板上，小聲詢問：「是誰在敲門呀？」

門外傳來一個細細尖尖的老婆婆的聲音：「哎呀！我是姑婆啊！妳不記得我了嗎？妳小時候我還有抱過妳啊！我知道妳的爸媽出門去了，現在家裡應該沒東西吃吧？我帶了一些點心來給妳吃！好香啊！妳趕快開門吧！」

姊姊覺得很奇怪，她想起爸爸和媽媽說過的話：「你們千萬不能幫不認識的陌生人開門喔！」於是她大聲回答：「我們才沒有什麼姑婆呢！我不能開門。」

偏偏弟弟一聽到有東西吃，就完全忘記爸爸和媽媽說過的話。他立刻跳下床，衝過去把姊姊一把推開，迫不及待打開門，笑嘻嘻地迎接「姑婆」。

「姑婆，請坐！」弟弟指著客廳的藤編椅子說。

姑婆笑著揮揮手，搖頭道：「哎呀！這個椅子太硬了，硬梆梆的，姑婆的腰不太好，我還是坐在旁邊的水缸上好了！」

姊姊看著姑婆，覺得她好奇怪，她的臉上怎麼會有鬍子呢？而且明明有椅子她為什麼不坐，堅持坐在水缸上面？

原來啊，這個姑婆就是住在山裡面的老虎精。牠必須坐在水缸上面，才能把牠屁股上那條長長的尾巴藏起來，不被姊姊和弟弟發現。

咕嚕、咕嚕、咕嚕，弟弟的肚子實在是餓得受不了，他嘟起嘴巴，伸手拉拉姑婆的袖子說：「姑婆，我好餓，我想吃您帶來的點心。」

姑婆笑著摸摸他的頭說：「乖！只要你跟我一起上床睡覺，我就給你點心吃。」

「好呀！」貪吃的弟弟開心地拉著姑婆到自己的床上，和她一起睡覺。

過了一會兒，隔壁床的姊姊被一陣奇怪的聲音吵醒。

「喀啦、喀啦、喀啦，喀啦、喀啦、喀啦。」

咦？這個聲音聽起來，怎麼跟村長家的狗「來福」在咬骨頭的聲音這麼像啊？

姊姊睜開眼睛，但是家裡沒有點蠟燭，一片黑漆漆的，什麼也看不清楚，她只好鼓起勇氣，大膽地問：「姑婆、姑婆，請問您在吃東西嗎？我的肚子也有點餓了，可不可以分我吃一點？」

「哎呀，姑婆吃的是花生，小孩子晚上吃花生會拉肚子。」

「可是我的肚子好餓，餓到睡不著，如果能吃點東西，應該很快就能睡著。」

「呵呵呵呵，好吧，那妳就好好品嚐吧！」

姑婆尖銳的笑聲，聽起來好詭異。她丟給姊姊一個軟軟的，摸起來還溫溫的小東西。姊姊仔細地摸一摸，嚇了一大跳，這不是弟弟的小指頭嗎？

怎麼辦？她一定就是傳說中會吃人的虎姑婆！而且弟弟竟然被可怕的虎姑婆吃掉了！我一定要趕快想辦法逃走才行！不然我也一定會被虎姑婆吃掉的！

「不要說了！好可怕啊！」阿弟伸手摀住自己的耳朵，不敢繼續聽下去。

「早就叫你直接睡覺了，你就偏要我講故事，怎麼樣，怕了吧？你這個膽小鬼。」

怕歸怕，但好奇心旺盛的阿弟還是忍不住想問：「姊姊，這個世界上真的有那麼可怕還會吃人的虎姑婆嗎？」

「應該有吧！媽媽應該不會騙我。」

妹仔的腦海裡浮現小時候媽媽每天晚上都會說故事給她聽的神情，還有媽媽躺在床上，眼眶含淚，最後閉上眼睛的畫面。她深呼吸一口氣，強忍心中的悲傷及眼眶裡的淚水。

其實妹仔一直非常思念媽媽，可是身為姊姊的她，在弟弟面前必須勇敢、堅強，因為她答應過媽媽，一定會好好照顧弟弟。

「姊姊，那虎姑婆她住在哪裡啊？」

「我猜，嗯……她應該是住在那裡吧！」妹仔手指向窗外。

阿弟轉過頭，順著妹仔指的方向看去。

「我聽村子裡的大人說，虎姑婆就住在那座蓬萊山上，一個叫做『迷霧森林』的地方。」

阿弟緊張地直搖頭：「那我們就不要去那邊就好了，這樣就不會遇到虎姑婆了吧？」

妹仔笑著摸摸阿弟的頭，在他耳邊輕輕地說：「放心，如果我們真的遇到虎姑婆的話，我一定會保護你。」

「那我們打勾勾喔。」阿弟伸出手，小指頭左右晃了晃。

「好。」妹仔用小指勾住阿弟的小指頭，再用大拇指用力蓋上他的大姆指。

突然間，狂風呼嘯，山裡傳來一陣吹狗螺：「凹嗚、凹嗚、凹嗚……」

淒厲的叫聲讓人聽得心底發寒，也讓這個沒有月光照映的夜晚變得異常恐怖。

同一時間，在弱水村的另一頭，靠近森林的某一戶農家裡，有一位年紀與阿弟相仿的小男孩正瑟縮在床角，哭得好哀怨。

「媽媽，爸爸，我怕，嗚嗚嗚……」

那一陣突如其來的吹狗螺，讓他嚇破了膽。自從太陽下山以後，小男孩便緊張兮兮地盯著家中各個角落，他總覺得家裡有看不見的妖魔鬼怪會突然現身。

就在他哭得精疲力竭之際，忽然出現敲門的聲音。

「叩、叩、叩。」

小男孩怕得整個人縮成一團，屏住呼吸，不敢輕舉妄動。

「小朋友，哎呀，不用害怕，我是來保護你的，只要有我在，不管是壞人還是什麼妖魔鬼怪，通通都不敢過來呦！」

一個聽起來很慈祥的老婆婆聲音，從門縫中傳了進來。

「真的嗎？」小男孩怯怯地問。

「真的啊！婆婆從來都不騙人的喔，我啊，哈……哈啾、哈啾、哈啾！」

老婆婆連打了三個噴嚏，拿出手帕用力擤了鼻涕，再吸了吸鼻子。

小男孩下床走到門邊，緊張地問：「婆婆妳怎麼了？」

「沒事、沒事，就突然有一陣大風吹來，覺得有點冷。」

「那……妳要不要進來？裡面比較溫暖。」
「小朋友，你的爸媽應該有教過你，不可以隨便幫陌生人開門啊。」
「嗯……妳說妳是來保護我的嘛，那妳就不是陌生人啊！」
「這樣啊？」老婆婆笑了笑，說：「那就請你幫我開門吧！」
於是小男孩開了門。
眼前站著一位將白髮盤在頭頂上、臉上皺巴巴、拄著一根拐杖的老婆婆，她穿著一身緞面黑色長袖衣褲，肩膀上披著一件暗紅色的斗篷，看起來既溫柔又慈祥，與小男孩想像中的老婆婆一模一樣。
「謝謝你啊！小朋友。」老婆婆笑著走進屋子，一陣暖意襲來，果然屋裡比外面暖和許多。
她直接走到餐桌旁邊，坐在椅子上，望著房內的擺設。
屋裡雖是家徒四壁，無一長物，但也乾淨清潔。地上放著一簍地瓜，卻沒見到米缸。這些年乾旱、大雨不斷，導致農民收成欠佳，看來這家人也是用耐旱的地瓜來填飽肚子。
老婆婆從袖子裡掏出一塊大餅，遞給了關上門、朝她走來的小男孩，她笑著問：「你肚子餓不餓？要不要吃點東西？」
小男孩望著老婆婆手中的餅，搖搖手，一臉為難道：「我媽媽說，不能隨便吃別人給的東西。」
老婆婆皺起眉頭，很是不解：「所以我不是陌生人，是『別人』？」
小男孩點點頭：「對！」
老婆婆感到啼笑皆非，再問：「我不懂，你是害怕這個餅裡有毒嗎？」
「嗯。」小男孩嘟起小嘴點點頭，但他的眼睛卻緊盯著大餅，一副快要流口水的模樣。

「那簡單，我們一人一半，一起吃如何？」老婆婆將餅掰成兩半，一半遞給小男孩，一半放入自己嘴裡，咬下一大口。

眼看老婆婆吃下一大口餅，咀嚼之後還吞了下去，卻一點事也沒有，小男孩這才安心接過老婆婆手中的餅，放到嘴邊，小口、小口啃了起來。

小男孩吃著餅，卻沒忘記禮貌，口齒含糊不清道：「穴穴勃勃（謝謝婆婆）。」

老婆婆笑著摸摸他的頭，「小朋友，你叫什麼名字呀？」

「我叫小威。」

「小威，真可愛，你爸媽什麼時候會回來呢？」

「明天中午吧。」

「這樣啊！那你明天早餐想吃稀飯還是喝肉湯？」

一聽到「肉」，小威的眼睛發亮：「我要喝肉湯！」

「好，那你吃完餅之後，趕快上床睡覺，婆婆明天一大早就煮肉湯給你吃。」

「好！謝謝婆婆！」小男孩開心地將手中最後一口餅塞進口中，迅速爬上床、蓋好被子，閉上眼睛。

老婆婆坐在床邊，輕輕地唱起一首古老的歌謠。

月娘光光照田庄　照著紅眠床

紅眠床頂囡仔睏　一暝大一寸

阮的心肝寶貝啊　幸福快樂啊
望你平安　望你健康　望你好嫁娶
等有一天　若有一天
等你手抱孩兒時　就知曉父母時

這首歌的曲調十分優美，老婆婆唱得更是婉轉動人，她的歌聲彷彿有催眠效果，小威一下子就睡著了，進入甜蜜夢鄉。

眼看小威睡得酣甜，老婆婆站了起來，搖身一變現出原形。原來老婆婆的模樣只是偽裝，她的真實身分竟然是一位身穿白色長袍、皮膚白皙、五官秀麗，有著一雙水藍色眼眸，以及一頭金色長髮的青春少女。

小威忽然一腳踢開被子，嘴巴開開還流口水。少女露出一抹微笑，溫柔地幫他蓋好被子。

翌日清晨，小威被一股香噴噴的味道喚醒。他睡眼惺忪地下了床，循著氣味來源走向餐桌。桌上有一鍋正在冒煙的肉湯，卻不見老婆婆的身影。桌上還有一副乾淨的碗筷，碗筷的下方壓著一張摺起來的紙條。

小威抽出紙條，打開一看，是一幅用毛筆畫的圖畫。畫中有兩個大人站在打開的門外，看得出來是一男一女，男的有鬍子，女的頭上戴了朵花；門內則有一個小童，他嘴巴的地方拉出了一條線，連接到旁邊的一個圓圈圈，圈圈裡畫著一個拄著拐杖的老婆婆，還有一個冒煙的鍋子，但圈圈上面畫了一個大大的紅色叉叉。

聰明的小威一看就明白這是老婆婆留給他的訊息，意思是叫他不要告訴爸爸媽媽有關老婆婆的來訪，以及煮肉湯給他吃的事情。

小威笑著朝門口方向大聲說：「我知道了，謝謝婆婆。」

走在迷霧森林裡的小金高舉雙臂伸了個懶腰，再連打兩個哈欠。

「睡眠不足還要抓鹿真是累死我了，我要趕快回小窩補眠才行，不然臉上的黑眼圈肯定會被阿嬤發現。」

「妳給我站住，一整個晚上不見人影，該做的修行都沒做，是跑到哪裡撒野去了？」一個極具威嚴的女聲從天上傳來。

「糟了，被阿嬤發現了！」

小金吐吐舌頭，站在原地，一動也不敢動，彷彿連呼吸都會遭到天打雷劈。

「妳這小ㄚ頭，長大了？腳骨硬了？連阿嬤的話都沒在聽？」

阿嬤冷不防現身在小金面前，而且一出手就是一杖朝她頭頂上敲，讓她想躲也躲不掉。

小金紮紮實實地挨了一記，痛得她高聲大吼：「阿嬤！不是跟妳說過很多次，不要打我的頭？

打頭會變笨啦！」

「笨才好，笨才聽話，妳呀，就是滿腦子奇奇怪怪，整天在家裡神神祕祕、變東變西，也不知道在幹嘛？還一直偷偷跑出去，跟那些人類胡亂來！我不是跟妳說過好幾遍了，不要接近人類、要保持距離，妳為什麼不肯乖乖聽阿嬤的話？」

「那些小朋友，他們因為爸媽不在家很害怕，我只是去陪陪他們，又沒幹嘛。而且我在大人回來之前就離開了，又沒有被發現，這樣也不行？」

「孩子也是人，只要是人，他們眼中就容不下其他族類！過去我們虎族，世世代代都想與人類和平共存，一起好好過生活。結果呢？我們的土地一再被人類破壞，如今只有躲在深山的森林裡才能勉強生存，而我們的族人們，一個接一個活活死在人類的陷阱裡，這可是不共戴天的血海深仇啊！我的寶貝孫女，阿嬤的話妳可以當做耳邊風，但妳千萬別忘了妳父母親是怎麼死的啊！」阿嬤氣得拂袖消失。

怎麼可能忘記呢？小金記得，她當然記得。雙親淒慘地死在自己面前，是她一輩子想忘也忘不掉的傷痛。殘忍又血腥的畫面總在夜深人靜時，害她大哭大叫從睡夢中醒來。

恨，其實非常容易，小金隨隨便便都能找出一千個憎恨人類的理由，但是她早已選擇走在最困難的那條路上，她想用實際的行動來化解人虎之間的誤會與仇恨。

因為在她的夢裡，偶爾會出現一雙人類的大手，拯救她脫離黑暗與痛苦。那雙手輕撫著她的額頭，宛如和煦的春日暖陽，融化天地間的寒冰。

還有一個沙啞低沉的聲音，吟唱一首古老的歌謠。他的歌聲有種神祕的力量，能驅散她心中所有的恐懼。這讓小金深信，人類也是有分好人與壞人，不能以偏概全，而是要「賞善罰惡」才公平。

「抄完三千次《心經》才能去睡覺！」阿嬤的聲音伴隨著一大疊從天而降的宣紙，不偏不倚地打中小金的頭，好在她反應快、及時閃避，才沒被後續的毛筆與硯台擊中。

小金一邊默念《心經》，一邊罰寫。

觀自在菩薩，行深般若波羅蜜多時，照見五蘊皆空，度一切苦厄。

舍利子，色不異空，空不異色，色即是空，空即是色，受想行識，亦復如是。

舍利子，是諸法空相，不生不滅，不垢不淨，不增不減。

無眼耳鼻舌身意，無色聲香味觸法，無眼界，乃至無意識界，無無明，亦無無明盡，乃至無老死，亦無老死盡，無苦集滅道，無智亦無得，以無所得故。

心無罣礙，無罣礙故，無有恐怖，遠離顛倒夢想……

其實虎族與人類之間的矛盾根本是一個大誤會。

根據小金的調查，多年來，一直有不知名人士故意潛入村莊、偷走村民飼養的雞、豬、牛、羊等禽畜，甚至誘拐小孩，卻故布疑陣，使用其他動物的鮮血、骨骸、足跡等等，將案發現場偽裝成是老虎殺生，藉此陷害虎族，導致人類痛恨虎族，進而在森林裡設下重重陷阱，圍捕、獵殺無辜的老虎們……

小金停下筆，橫眉怒聲：「可惡的兇手，你等著，我一定會把你們通通揪出來！」

此時一顆天外飛來的桃子「咚」的一聲正中靶心，擊中小金的頭，阿嬤憤怒的聲音再次出現：

「別偷懶！趕緊認真寫！」

小金痛得雙手抱頭，哭喪著臉朝天空大聲抗議：「阿嬤！就跟妳說打頭會變笨啦！」

第三回　迷霧森林

「老人家，良藥苦口，只要吃完這帖藥，您的病症就會好很多。」

老先生雙腿盤坐在草蓆上、背靠著牆壁，一臉痛苦的模樣。灰衣男子捧著一碗墨色湯藥，用湯匙緩緩地一匙又一匙，將藥水仔細餵入老先生的嘴裡。

好不容易嚥下了最後一口藥，老先生卻又再次張嘴，氣息微弱地呼喚：「卓大夫啊。」

「老人家，叫我清揚就好，別急，我先幫您擦擦嘴。」

卓清揚將手中的碗放在地上，再用乾淨的白布溫柔地拭去老者嘴邊溢出的液體。

「我已經吃了這麼多帖藥，怎麼還是頭暈眼花？這下子我要怎麼種田？今年要是沒有好收成，我們一家人的生活，唉，就難過了啊，咳、咳……」

「老人家，您先別心急，只要乖乖按時服藥，三天之後，我保證您一定生龍活虎，連水牛都能扛起來！」

老人家終於露出笑容，欣慰地點點頭，又問：「你家妹仔和阿弟，自己待在家裡這麼長時間，可以嗎？」

「您放心，我們家妹仔啊，像她媽媽，不僅長得像、個性也像，家裡大小事她都一手包辦，她不只照顧我家阿弟，連我也一起照顧，您看我這襲衫，就是妹仔自己做的，手藝不錯吧？」卓清揚展開雙手，向老人家展示自己身上的衣服，表情很是得意。

老先生點點頭：「真厲害。不容易啊，兩個這麼小的小孩子，小小年紀就沒有媽媽，還懂得自己照顧自己。」

卓清揚垂下雙眼，神色黯然：「是我不好，當初要是我……」

「卓大夫、卓大夫！」一名男子攙扶著另一名男子，匆匆闖進老先生家裡的院子，在門口大喊。

卓清揚連忙起身開門，來者竟是行義村的村長陳峰。

「村長大駕光臨，發生什麼事了？」

「阿松，您快看看阿松，他的樣子不太對勁！」

陳峰扶著阿松進屋，讓他平躺在老先生身旁的草蓆上。

卓清揚查看後，皺起眉頭：「不好，他的臉色發白、呼吸急促，是哮喘病發作。快！快幫我把廚房桌上的藥箱子拿過來！」

陳峰聽命，急忙衝進廚房，將桌上一只檀木藥箱捧了過來。

卓清揚扶起阿松，迅速褪去他身上的衣服，讓他裸著背趴在草蓆上。

「村長，快備針！」

「是！備針！」

陳峰手忙腳亂地打開藥箱，拿出一卷陳舊的羊皮，接著關上藥箱，在箱頂上將羊皮捲攤開來，露出一排長短粗細不一的銀針。以前陳峰曾經當過幾次卓清揚的助手，對他的指令並不陌生。

卓清揚速速抽出四支銀針，在阿松背脊兩旁的「肺俞穴」及「風門穴」下針，接著又再抽出兩支銀針，在阿松左手腕橫紋上方的「列缺穴」及左小腿前外側的「豐隆穴」下針。

他的眼神專注，下針有如行雲流水，讓一旁的陳峰與老先生看得是目不轉睛、嘖嘖稱奇。

收針之後，卓清揚又在阿松的頸部及背脊兩旁的多個穴位上施以艾草熱灸。

經過一番治療後，阿松奇蹟似地回復呼吸順暢，臉上也漸漸恢復血色。

陳峰扶起阿松，幫他穿好衣服後，再讓卓清揚幫他診脈。

卓清揚命他張嘴吐舌，檢查他的舌苔，隨後在他耳邊低聲道：「待會兒我配點小青龍湯給你，你回去記得一定要按時吃藥。還有，那些江湖郎中賣的補氣壯陽藥酒不適合你，你千萬不能再喝，否則一定會沒命。」

臉色慘白的阿松內心一驚，勉強擠出一絲苦笑，尷尬地點點頭。

「卓大夫，還好有您在！不然我這換帖兄弟的命就沒了，您的救命之恩，請受我一拜！」陳峰雙腳跪地，欲向卓清揚行大禮。

卓清揚立刻扶住他的肩膀，急忙道：「村長千萬別這麼說，你這樣我擔待不起，我是大夫，行醫救人是我分內之事，這是應該的，你千萬不要這樣。」

「不！這世上這麼多大夫，也只有您願意不辭辛勞翻過一座山頭來我們這種窮地方看診，我家阿嬌的腹水是您治好的；去年我媳婦的腳傷、前年村子裡突然間爆發的瘟疫，也都是您治好的。還有前兩個月，村裡的孩子們一直拉肚子，若不是您挨家挨戶地調查，還順著河川沿岸一路追查到上游，這才發現原來是水源地有問題，我們全村子的人哪能活到今天？您的大恩大德，我這個做村長的，就是把這條命送給您，我也還不起啊！」

陳峰說完又想向卓清揚叩首行禮，卻再次被卓清揚扶起。

「這沒什麼，不用命也還得起！我家阿弟最喜歡你做的捏麵人，他屬虎，不如請你幫我捏隻小老虎送給他吧！」

陳峰豪爽道：「好！那我就先捏一隻小老虎，再順便捏一隻虎媽媽送給他！」

「那我就代替阿弟謝謝村長！」

又是一個微霜淒淒、孤燈不明的夜晚，卓清揚獨自坐在窗邊對空長嘆，吟詩抒懷。

日色已盡花含煙，月明欲素愁不眠。美人如花隔雲端，夢魂不到關山難。長相思，摧心肝。[1]

他用兩塊白布小心翼翼地包起兩支做工精緻、栩栩如生的捏麵虎，放入藥箱。此時天還沒亮，他便揹起藥箱離開行義村，提前踏上回家的路。

不知道為什麼，平常向來好吃好睡的他，今日夜裡竟是輾轉難眠。他突然很掛心待在家裡的妹仔與阿弟，很想早點見到他們。

偏偏回家的路卻是千里迢迢。

卓清揚必須先翻越蓬萊山，再穿越山頂上的迷霧森林，下山之後還得再走半個時辰才會到家。若想早點回到家，親自下廚幫姊弟倆做一頓豐盛的早餐，給他們一個驚喜，他只能冒著生命危險摸黑上山。

這條路他已走過千百次，一路上都有他用小刀在樹幹上刻下的記號，如今就是閉著眼睛，他也有自信能順利走到家門口。不過今天的路況感覺有些詭異，他在剛剛踏進迷霧森林時就發現了。

明明昨天一整天都沒下過雨，但路上卻是一片泥濘。空氣異常潮溼，瀰漫著一股淡淡的血腥味，彷彿才剛剛結束一場戰況激烈的殺戮。

卓清揚提高警覺，走著走著，突然間，一片巨大的黑色陰影從他的眼前閃過，緊接著「唰」的一聲，一大群烏鴉從樹林中竄向天際，發出「啞啞啞啞」的叫聲。

烏鴉啼叫是不祥之兆，聽得卓清揚心裡直發慌。

倏地「呼」的一聲，一股涼風吹過，他感覺額頭上似乎沾上了某種液體。

莫非是烏鴉的糞便？

他用手指抹去液體，感覺微微溫熱，於是將手指靠近鼻子聞一聞，大驚。

怎麼會是人血？

一道黑影從他身邊迅速閃過，他趕緊從懷裡掏出一條「危急限定」的火摺子，在嘴邊用力一吹。

「呼」的一聲，火摺子瞬間點燃。

「啪啪啪啪……」一群青面獠牙、眼睛發紅的蝙蝠從四面八方朝他襲來。

卓清揚連忙用火摺子在四周胡亂揮舞，驅走蝙蝠，同時繼續向前行走，不料眼前竟然出現一幅極為駭人的景象。

放眼望去，遍地都是動物的屍體與白骨，腐爛的屍臭味與血腥味更讓人作嘔，難以呼吸。

此時腳下發出「喀啦」一聲，似乎踩到什麼東西。

他用火摺子向下一照，赫然發現地上竟然躺著一具完整的人骨。從骨骼大小研判，應該是年約

七、八歲的孩童屍骨。

卓清揚立刻收回自己踏在骨骸上的右腳，心裡默念：「對不起啊，我不是故意的，請原諒我。」

他將火摺子朝旁邊一照，竟又出現另一幅令人怵目驚心的畫面。

只見一大片頭骨、肱骨、肋骨、脊椎骨與大腿骨等尺寸大小不一的人骨，堆疊成一座座白骨塔。粗略計算，現場遇害的大人、小孩加起來，恐怕將近上百人。

怎麼會這樣？這些年來這條路我走過這麼多次，從來沒看過這番景象，難道是我不小心誤闖禁地？

卓清揚立刻加快腳步向前走，想盡速離開這片白骨墳場。

不料他走來走去，都像是在原地繞圈子、鬼打牆。

眼看手上的火摺子即將燒盡，更讓他心急如焚。

這裡恐怕是個結界，凡夫俗子縱使誤打誤撞，走了進來，卻未必能走出去，唉！這下子該怎麼辦？

「哎，你就通通丟在這裡吧！」

背後傳來一名年輕男子的聲音，卓清揚趕緊蹲下來就近找掩護，躲在一座頭骨塔後面，再微微探頭查看情況。

只見一名身材矮小的黑衣男子雙手叉腰，指揮另一名身形高大、推著推車的黑衣男子，將一車白骨像倒垃圾一樣，隨意傾倒在地上。

「你快一點，我們要是不趕快回去，等一下肯定又要被罵。」矮個子說。

於是高個子將推車的傾斜角度加大，加快白骨落地的速度。

卓清揚目光如炬，緊緊盯著這兩個來歷不明的人。

他們到底是誰？又是從哪裡來的？還有這麼多人骨，難道是殺人兇手？

「好了好了，慢吞吞，走吧，快跟上！」矮個子一臉不耐煩，頭也不回地快速向前走。

高個子連忙從推車裡取出僅剩的一顆頭骨、一根大腿骨與一根肱骨丟到地上，再推著推車小跑步向前，追上矮個子。

隨著兩人一路走遠，藏身於草叢中的卓清揚也悄悄移動步伐，尾隨在後。

高個子跑著跑著，一塊刻有獸紋圖騰的圓形臘光玉牌從他的腰間滑到地上，落入雜草叢中。

儘管玉牌在黑暗中散發出微微綠光，但高個子卻沒發現自己的東西掉了。

矮個子走到一棵大榕樹旁邊，終於停下腳步，高個子則氣喘吁吁地站在他後面。

「你要跟緊一點。」矮個子回頭對高個子說，高個子傻傻地點頭。

卓清揚注意到矮個子的腰間上也繫著一塊發出綠光的玉牌，只見他拿起玉牌朝大榕樹上的樹洞一指，飯碗大的樹洞立刻變成一個透出青綠色光芒的洞口，足足有一層樓高。

矮個子率先走入洞裡，高個子推著推車緊跟在後，接著綠色光洞旋即消失。

看來這就是離開這裡的方法。

卓清揚快步上前，在荒煙漫草中尋找高個子遺失的玉牌，所幸玉牌在黑暗中會發出微弱綠光，讓卓清揚迅速找到它的下落。

他手持玉牌，深呼吸一口氣，依樣畫葫蘆朝樹洞一指，樹洞立刻化為一個青綠色的光洞。他握緊拳頭、鼓起勇氣，大膽地走了進去。

前腳才剛剛跨進洞裡，他便立刻感覺到空氣、光線與空間之間的明顯差異。待他後腳出洞、站穩腳跟，轉身回頭一看。

眼前不僅沒有綠色光洞，也沒有遍地白骨，只有一大片黑壓壓的樹林。空氣的味道亦清新乾淨，四周一如往昔地幽靜。

抬頭一看，天色竟已微微發亮。

卓清揚低頭踏上回家的路，然而地上兩道清晰鮮明、由推車輪輾壓過的痕跡，卻讓他陷入遲疑。

他突然回想起方才高個子傾倒一車白骨時，矮個子那輕蔑不屑的眼神，因而忍不住搖搖頭，還有種不好的預感縈繞在心中。

還是跟上去看看吧！至少要查出他們去哪裡，如果能得知他們的身分會更好。

卓清揚鼓起勇氣，沿著推車痕跡大步向前。

約莫走了半刻鐘，終於在前方發現兩名黑衣人的身影，他連忙躲在一塊大石壁後面，看著黑衣人將推車推入山洞，再兩手空空地出來。

黑衣人四處東張西望、確認四周沒人後，才又踏上往東邊的小路。

怪了，那是通往弱水村的路啊！

眼看他們越走越快，卓清揚心急如焚，旋即邁開步伐想跟上他們。不料稍一閃失，揹在肩上的藥箱擦撞到路旁突出的樹枝，發出一絲聲響。

「誰？」警覺性強的矮個子大聲詢問。

慌張的卓清揚趕緊衝進一旁長得比人還要高的雜草叢裡蹲了下來，暗自祈禱自己不會被發現。

他緊張地從一開始數數，一路數到一千，但周圍卻沒半點動靜。

咦？他們應該走了吧？

卓清揚悄悄起身，回到小路上，朝前後左右仔細看了一圈，都沒見到黑衣人的蹤影，他才終於鬆了一口氣。

不料正當他繼續向前走時，左右兩邊的草叢中卻突然「唰、唰」兩聲，蹦出兩道黑影，擋住他的去路。

一胖一瘦、兩隻約莫有半個人高的大黑狗，眼神兇狠瞪著卓清揚，齜牙裂嘴發出陣陣低吼，接著一陣狂吠，並以疾風般的速度衝向他，似乎想將他撕成碎片。

三十六計走為上策！

卓清揚立刻抓緊藥箱，轉身拔腿就跑。

他拚命向前狂奔，兩隻黑狗則像著了魔似的狂追在後，不停厲聲嚎叫，叫得他冷汗直流、耳朵發疼。

眼看來到岔路處，卓清揚已無路可走，左右兩條小路上竟然又出現兩隻大黑狗，一高一矮，貌似等候已久。牠們露出陰森尖牙，似笑非笑地望著卓清揚。

進退維谷的卓清揚只能停下腳步，任憑四隻大黑狗步步逼近，將他團團包圍。

身形最為高大的黑狗率先開口道：「還想走？這下子，你就是插翅也難飛！」

狗竟然會說人話？這肯定是妖怪！

我跟你們拚了！

卓清揚咬緊牙關，心一橫，用力揮舞藥箱，接連打倒兩隻飛撲而來的黑狗之後，他便抓緊機會，趁隙朝前方逃跑。

偏偏一個不小心，竟然被地上的石塊絆倒，摔得他頭破血流、眼冒金星。

卓清揚趴在地上，表情痛苦。他的四肢已不聽使喚，強烈的痛感、從額頭上流下來的溫熱血液，令他的視線逐漸變得模糊……

即將陷入昏厥之際，他依稀聽到一聲石破天驚、山搖地動般的怒吼，還有一陣像是夾著尾巴落荒而逃的哀號聲……

良久，感知不到時間與空間，眼前的景象比最深最深的夜晚還要漆黑。卓清揚頭痛欲裂、口乾舌燥，忍不住呻吟：「水……給我水……」

「想喝水嗎？好，等我一下。」一個聲音清脆、語調溫柔甜美的女聲回應道。

「頭……好痛……」卓清揚虛弱地說。

「頭破了一個大洞，還流這麼多血，不痛才怪。等我幫你擦完藥就不痛了，忍耐一下喔！」

一雙纖纖玉手捧著一塊竹片，緩緩地將清水餵入卓清揚口中。

接著以一塊沾水白布，輕輕地拭去他臉上的泥巴髒汙與斑斑血跡。

再用一塊沾上褐色液體的布幫他清理額頭上的傷口，並在傷口處抹上厚厚的一層草綠色藥膏，然後蓋上一條白手絹，再打一個結，固定在他的右耳上方。

明亮炙熱的光線與沁入心脾的芳香青草味，驅使卓清揚慢慢睜開雙眼。

他的視線從一片金黃色的模糊逐漸變得清晰，原來是陽光穿越了樹葉的縫隙，照映在他的臉上。益發刺眼的光線令他忍不住別過頭，勉強自己從地上坐了起來。

「咦？你終於醒啦？還好嗎？有哪裡不舒服嗎？」

後方傳來一個女孩子的聲音，卓清揚轉頭一看，是一位披著黃棕色斗篷的小姑娘，她穿著一襲繡著金花的杏色衣裳，皮膚白皙、唇如胭脂、鼻梁高挺、黛眉秀目、雙眸黑中帶藍，氣質高雅出眾，應該是一位大戶人家的小姐，年紀約莫十六、七歲左右。

奇怪的是，她看起來好像似曾相識。卓清揚心中有種熟悉感，彷彿彼此已經認識很久很久。

「喂！你是撞傻了嗎？怎麼不講話？」

女孩走向他，伸手摸了一下他的額頭。

「奇怪，沒發燒呀！是那裡出了問題？頭殼壞去還是嚇到？需要收驚嗎？」女孩收手，蹲坐在卓清揚面前，一臉疑惑地看著他。

「請問……是小姐救了我嗎？」

「對啊，我剛剛路過這裡，看到你倒在地上說頭痛想喝水，我就幫你擦藥，又拿了一點水餵你喝。」

「謝謝。」

「哎呀，這沒什麼，你不用謝我。我還有事我先走了，偷跑出來要是被阿嬤發現我就死定了！」

女孩自顧自地說完後，起身就要離去，卻被卓清揚一把拉住了手。

「等等！」

女孩轉身望著卓清揚，再瞧瞧自己被他拉住的手。

卓清揚意識到自己的魯莽，連忙鬆手、尷尬地說：「失禮了。」

「沒關係，怎麼了嗎？」

卓清揚一臉擔憂：「這附近有吃人妖怪出沒，現在雖然是白天，但小姐您獨自一人行走，我擔心會有危險。」

女孩輕笑，「危險？就是一群臭狗有什麼好怕？我跟你說，我阿嬤生氣才是真正恐怖！」

「無論如何，還是請小姐多注意。您的大恩大德，小人無以回報，請受在下一拜。」卓清揚說完雙膝跪地，準備行大禮。

「哎，你千萬不要這樣，不然你額頭上的傷口會裂開的。」女孩出手扶住他的肩膀。

「不行，受人點滴應當湧泉以報，小人家貧，還有一子一女要照顧，無法厚禮答謝，本該以勞力抵償，但我看小姐的穿著打扮，不像是平凡人家，我猜想您一定出身高貴，家裡應該也不缺下人。既是如此，我只能叩謝小姐了，請小姐恩准。」

「不、准！你們人類……咳……你這人還真奇怪，拜什麼拜啊？我都還沒死呢？等我死了你再來拜！」女孩的氣場強大，眼神更是銳利。

「是，小人遵命。」

「我看你揹著一個藥箱，你是大夫嗎？叫什麼名字？住哪裡？」

「小人姓卓名清揚，四處行醫已有十多年了，我家就住在前面的弱水村。」

「弱水村？那你為什麼會在這裡？」

「小人到行義村義診，義診結束後想早點回家，不料在半路上遇到一群黑狗，阻擋我的去路——」

小金舉手制止卓清揚繼續說下去：「好了我知道了，那你打開藥箱。」

「是。」卓清揚乖乖地打開藥箱。

「你隨便從裡面拿一個最不值錢的東西給我，就當作是回禮。」

卓清揚先是面有難色，接著又像是突然想到什麼似的，露出微笑。

「小姐請笑納。」他雙手奉上一樣以白布包裹的東西。

「好了，這樣我們就兩不相欠了。我走啦！你注意安全啊。」女孩伸手抓起東西，轉身就走。

「小姐，請問您的芳名？」卓清揚大聲問道。

女孩沒有回頭，爽朗地大聲回應：「我叫小金！」

望著她瀟灑離去的背影，卓清揚的眼神滿是不捨，喃喃地複述：「小金。」

1 李白，《長相思》兩首。

第四回　因果宿命

弱水村外東南方約十里處，矗立著一座五層樓高、富麗堂皇的道觀。酉時，觀內傳出一陣宏亮的誦經聲，氣氛莊嚴肅穆，連空中的飛鳥都被震懾，竟不敢逾矩從屋頂上方飛過，紛紛繞道而行。

寫著「光明教」三個大字的匾額高掛在道觀大廳，廳內則有數百名身著白色素衣的信眾雙手合十，盤坐於軟墊上，面向前方的金身大佛，齊聲誦經。

如來者，無所從來，亦無所去，故名如來。
如來所得法，此法無實無虛。無有定法，如來可說。
如來所說法，皆不可取、不可說、非法、非非法。
如來者，即諸法如義。一切法皆是佛法。
所言一切法者，即非一切法，是故名一切法。
一切有為法，如夢幻泡影，如露亦如電，應作如是觀。
一切諸相，即是非相。一切眾生，即非眾生。凡所有相，皆是虛妄。
若以色見我，以音聲求我，是人行邪道，不能見如來……

誦經完畢，信眾們跟隨鐘缽聲行禮。鐘缽每響一次，即行一次跪拜大禮，共七七四十九次。

信眾們恭敬的態度、真誠的眼神以及整齊劃一的動作，顯示信仰之虔誠。

「各位明者，今天的晚課到此結束。」站在大佛前面，領導信眾誦經的男子說。

他的身材清瘦高䠷，穿著一襲淡紫色道袍，手持一串青玉佛珠，頸上還掛著一串紫檀木佛珠，頭上的髻髮插著一根獸紋雕花黃金髮簪。

信眾們回應：「謝謝大智慧光明尊者。」

接著響起三聲低沉的銅鐘聲，被稱為「大智慧光明尊者」的男子旋即高聲大喊：「恭迎教主開示。」

「恭迎教主開示。」信眾們複述。

此時天外傳來一陣如仙樂般悅耳的絲竹聲，空氣中瀰漫著一股濃濃的沉香味，一名身穿黑色道袍的男子乘坐巨型蓮花座，伴隨一道金光從天而降，立於大智慧光明尊者與信眾之間。

信眾們立刻俯首跪拜，大喊：「恭迎教主。」接著又紛紛挺起上身，聚精會神，靜候教主開示。

那位被稱為教主的黑袍男子看似四十來歲，面如冠玉、眼如丹鳳、鼻挺如刀、唇形稜角分明、雙頰削瘦，一副仙風道骨的模樣，卻是不怒而威，令人難以直視。

他的雙眼如炬，凝望著信眾沒有開口，卻有一個低沉、富有磁性的聲音迴盪在整個道觀裡，如醍醐灌頂般滲透至每一位信眾的心底。

因果通三世，過去世、現在世、未來世。行善得福報，行惡得苦報。

今生的一切痛苦皆源自於前世的因果，今生的未竟功課也將成為來世的宿命。

我佛慈悲，派遣大智慧無極無上光明師降臨凡間，引導眾生消除業力、積德造福，眾明者只需跟隨太極無上光明師潛心修行，自能開啟佛心靈性，繼而超脫凡塵、離苦得樂、法喜圓滿，成就光明正道。

「謝教主大智慧無極無上光明師、謝教主大智慧無極無上光明師。」信眾們再次齊聲，俯首跪拜。

「有請近日開悟的明者巫氏，與諸位分享大智慧。」大智慧光明尊者說。

一名頭髮花白、鬢如銀霜、身型圓潤的矮小老者從座墊上緩緩起身，從最後一排走到最前面。他恭敬地雙手合十、向教主與尊者行禮，接著轉身面對數百名信眾，一臉緊張道：「小人巫亮，今年六十五，過去是一名九品芝麻官，因為自視甚高，為人處事囂張跋扈而遭排擠，以至仕途不順。一次因見錢眼開，收了常家五千兩銀子，製造冤案。不料東窗事發、遭人檢舉，最後只能黯然離開官場，改行當訟師，專門替達官顯要脫罪。」

老者嚥了嚥口水，再道：「說來慚愧，我除了愛錢，還戀棧權力，所以想方設法在訟師行會裡擔任要職。又恰逢當今聖上有意維新改革，通令各地方推舉賢達志士入宮諮詢，我便動用自己在官場及社會上的人脈，廣寄文情並茂的說帖，順利獲得進宮的機會。沒想到，隔年小犬娶媳婦，媳婦生下一名男孩，卻沒有屁眼，三日後夭折。我媳婦因此上吊自殺，豈料我兒竟也染上怪病，變成老虎，發起狂來是見人就咬，連宮裡的御醫都束手無策，我只好含淚讓牠歸隱山林，安置在洞穴裡。」

老者聲音哽咽，眼角泛著淚光，不少信眾也悄悄拿出手絹拭淚。

「去年，因緣際會下，我認識了教主，經過教主的開示，我終於大澈大悟，明白我所經歷的不幸全都是因果業報，是我前世今生貪贓枉法、貪名逐利、貪得無厭的結果。從此以後，我不僅按月繳納法喜金供養教主，還託人從西域送來一匹汗血寶馬獻給教主，當他四處弘法的座騎。於是教主幫我治好了我兒的瘴病，你們看！他現在就坐在那裡，和各位明者一起誦經跪拜，再也不會亂咬人了！」老者用手指向一名相貌斯文的青年，而那名青年也起身向大家點頭示意。

「我兒能有今天的平安健康，全都是教主的功勞！」老者激動道。

在場信眾無一不被老者的現身說法鼓舞，齊聲大喊：「崇拜教主！榮耀教主！」

「在場的各位明者們，今日有哪一位需要教主降福，還請速速上前。」大智慧光明尊者說。

「教主！求您高抬貴手，救救我兒吧！」一名年約四十、留著茂密連鬢鬍的高壯大漢悲憤地大喊。他手裡牽著一名年約十六、七歲的孱弱少年，直奔教主前面，再激動地跪下，連磕三個響頭。

「你先報上名來。」大智慧光明尊者面無表情道。

「總兵張武，這是小犬張洋，數月前突然變成這副模樣，四肢變形、鬚眉掉落，而且食不下嚥，只願生食。求求教主您大發慈悲，救救他吧！」張武說完又磕了三個響頭。

教主終於開了金口：「前世因果今世償。你上輩子是個殺人不眨眼的刺客，多次抄家滅門，背負上百條人命，想不到這輩子，你竟然執迷不悟、繼續殺戮。血債血償，這一切就報應在你兒身上。『獸面、鷹爪、垂足』，這正是虎變的徵兆，令郎恐怕很快就要喪失人性，回天乏術。」

張武的臉上掛著兩行熱淚，卑微地乞求：「教主啊，人人都說您是活菩薩，我們張家三代單傳，我就這麼一個寶貝兒子，求求您大發慈悲，救救他吧！」

教主面無表情搖搖頭，淡淡地說：「他命中注定有此一劫，命不久矣。」

「拜託了教主，求求您行行好，救救他吧！您要我做牛做馬、做什麼都可以！」

「你在兵部任職，也算是保家衛國、功在社稷，功過可以相抵。助你兒度過難關的方法不是沒有，只是……」

「教主，不管您是要錢還是要人，我都沒問題，就是要我這條命，您也儘管拿去！」

「你殺生過多、罪孽深重、業力難消，要奉上童男童女各六名隨我一同閉關，日夜不休誦經百日。還要開壇作法，再備靈豬、靈雞、靈牛、靈羊各三頭，祭拜天地蒼生。從今以後，你必須終生茹素，隨眾明者一起修行奉獻，唯有如此，才能功德圓滿、消災解厄。」

「這沒問題，多謝教主相助！來人啊！」張武轉頭朝外面大喊，門外立刻出現三名士兵走進道觀，其中一人手裡捧著一個紫檀木方盒，盒子的上蓋、鏤空雕花處，隱隱約約地透出淺綠色的光芒。

另外兩名士兵則是合力抬著一個沉甸甸的黑木箱子放在教主面前，接著打開箱蓋，裡面竟然是滿滿的金銀財寶，在燭光的照映下閃閃發光。

八

「翡翠火齊，流耀含英，懸黎垂棘，夜光在焉[2]。」

教主坐在太師椅上，雙手捧著一顆如嬰兒頭顱般大小的夜明珠，目不轉睛地欣賞把玩。

晶瑩剔透的夜明珠散發出溫潤的綠光，照亮了沒有燭火的密室。

「美，真是太美了！」

教主背後有一整排四層櫃，櫃裡擺放著各種稀世珍寶與古玩。

一隻栩栩如生的青瓷犬、鎏金佛像、紅珊瑚樹、鏤雕象牙球、掐絲琺瑯番蓮紋盒、蟠龍玉璧、瑪瑙鑲金寶象、白玉茶壺、翠玉佛手花插，還有多種銀器、玉器、金器、瓷器、木雕、琥珀、水晶、蜜蠟等等。還有十個掀開上蓋的木箱子圍繞在教主身邊，每個箱子裡都是金銀珠寶。

「叩叩、叩叩、叩叩叩、叩叩叩叩。」一個帶暗號的敲門聲響起。

「進來。」

前方灰藍色石壁開啟一道白色光門，大智慧光明尊者領著一胖一瘦兩名侍衛，抬著張武獻給教主的寶箱，從門外走進密室。他們踏入密室的瞬間，石壁上的門旋即消失。

侍衛將箱子放置在教主右前方的地面上，沉醉於夜明珠之美的教主卻頭也不抬，出聲阻止：「慢，放左邊吧！」

於是兩人奮力抬起箱子，緩步移向教主的左手邊。

瘦子因過度出力而臉頰脹紅，胖子則是汗流浹背，額上滿是汗珠。

無奈寶箱方才落地，又遭教主制止：「等等，還是放在右邊吧！」

胖瘦二人再次抬起箱子，朝右方移動腳步，此時瘦子已是頸浮青筋、眼珠凸出；胖子則是氣喘吁吁，彷彿快要斷氣。

「罷了罷了，還是放在左邊吧！」教主再度改變心意。

不料瘦子一時手滑，箱子重壓到胖子的腳上，痛得他想大叫，偏偏在教主面前他不敢放肆，只能咬緊牙關悶哼一聲，狠狠地瞪了瘦子一眼。

此時教主終於抬起頭，正眼斥責：「就放在那裡，沒事快滾，不要打擾我欣賞寶物。」

「還斐、燕壽，辛苦了，你們下去吧！」大智慧光明尊者親切地朝二人微笑。

胖瘦二人速速朝石壁上再度出現的光門走去，離開密室。

「你說教主這是在整我們嗎？」還斐低聲在燕壽耳邊嘀咕。

燕壽瞪了還斐一眼：「這話你敢說，我還不敢聽，小心被教主大卸八塊、送去山裡餵老虎！」

「這蓬萊山上真有老虎嗎？我長這麼大都沒看過……」還斐自言自語。

密室裡，大智慧光明尊者上前一步稟報：「啟稟教主，明日的法會已安排就緒，如今再加上下個月張武的法會，今年已舉辦了五十場法會，只差百人就能完成教主渡化萬人得道、練成永生大法的心願了。」

「百人？目前離天赦日還有多久？」教主問。

「啟稟教主，尚餘百日。」大智慧光明尊者答。

「百人、百日，應該不難。最近在尋找共修者時，可有遇到什麼麻煩？」

「啟稟教主，方圓百里內的童男童女已是屈指可數，很難有機會下手，所以我已派大批人馬前往西方與南方的幾個小村落，尋找適合的對象。」

教主用手撫摸自己白皙紅潤、光滑透亮的臉龐，得意道：「很好，不過在這最後的一百人裡，我希望能有幾位弱水村的共修者。弱水村地靈人傑，水質又好，用他們的人來練功，效果最好。你看，我能有今天這副不老童顏，全是弱水村民的功勞。」

「可是教主，」大智慧光明尊者一臉為難：「要是繼續朝身邊的人下手，我擔心總有一天紙包不住火，要是被村民們發現——」

「發現就發現，有什麼好怕？百日之後，待我終於練成永生大法，就是神佛下凡，也奈何不了我。本尊遇神殺神、遇佛殺佛！哈哈哈哈哈！」教主狂妄地仰天大笑。

八

上工集合的時間已到，高個子趙急與矮個子陳穩卻還在臥房裡。

看到趙急還在慢條斯理地穿外衣，這讓向來守時的陳穩忍不住叨念了起來：「喂！你動作快一點好不好？你爸媽幫你取名字叫做趙急，可你怎麼什麼事情都慢吞吞的一點都不著急啊？都已經戌時了，連還斐、燕瘦都出發了，咱們要是再不快點跟著其他人一起行動，等一下又要負責善後，我可不幹！今晚我好不容易才約到望星樓的紅牌大喬、小喬兩姊妹，都說『春宵一刻值千金』，待會兒你要是敢耽誤到我的時間，我可是會和你拼命。」

「你叫陳穩，可你凡事都像急驚風一樣，什麼都要快，一點都不沉穩。你該不會連在床上也很快吧？」趙急繫上腰帶，不疾不徐地反虧陳穩。

「快，當然快，快點左擁右抱，快樂似神仙！我就是做鬼，也要做得風流快活。咦？等等，你的令牌呢？」陳穩望著趙急的腰間，卻沒見到應該繫著的圓形臘光玉牌。

「咦？」趙急看向陳穩掛在腰上的令牌，再摸摸自己身上，卻摸不著令牌。

「糟了，不知道落在哪裡，要是讓老大知道，肯定又要被罵！」

「你今天要跟好我，去西方的村子要越過好幾個結界，沒有令牌，出入不方便。」

「好。」趙急點點頭。

「好好想想到底是掉在哪裡，我明天有空陪你去找，走吧！」陳穩打開房門，率先走出去。

八

葛根、麻黃、三七、桂枝、茯苓、黃耆、辛夷、芡實、阿膠、大棗、硝石……

唉，居然連陳皮與甘草都快沒了。

卓清揚在自家西廂的藥房裡，手持毛筆與清冊站在藥櫃前面，盤點每一個貼有藥名的抽屜，記錄現存藥材數量。

看著為數不多的藥材，估計連配幾帖溫補的藥給動輒哮喘病發作的小劉調養身子，都不夠用。

他忍不住長嘆一口氣，轉頭望向窗外的一輪明月。

春夏乾旱、秋冬暴雨，糧草歉收、藥材短缺，大家恐怕不是餓死，就是病死。

老天爺啊，您能否可憐可憐我們這些平民百姓？

額頭上的傷口早已痊癒，只留下一道淺淺的疤痕。

近日每當他心煩意亂時，便覺得疤痕有點乾癢，總是必須克制自己伸手搔抓的衝動。

卓清揚走向書桌，將手裡的筆冊隨手放在桌上，再拿起桌上的白手絹。

手絹中央原本沾著草綠色藥膏的地方，如今已變成一大塊墨綠色漬。

三天過去，那股清新沁鼻的香氣卻是絲毫未減，與他記憶中，小金幫他上藥時的味道完全一致。

他伸手摸了摸額頭上的傷口。

這藥膏，質地溫潤如玉，氣味芳香宜人，不過一天光景，就能讓這麼深的傷口完全癒合，實在神奇。

如果師父看到了，肯定也會追問小金小姐它的配方。

卓清揚突然回想起傳授他醫術，待他更是恩重如山的師父，在他年少時曾帶他四處遊歷、上門救治行動不便的病患。在那段期間裡，曾有一段很特殊的插曲。

清晨，師徒倆在蓬萊山上行走，遠遠地就聽到一個小孩子微弱哀戚的哭聲。走近一看才發現，竟然是一名年約四、五歲的小女孩。

她全身赤裸、身上沾滿血跡，右手箝在一個捕獸夾裡，血肉模糊、慘不忍睹。看樣子，小女孩已經受困許久，並且曾經使盡吃奶的力氣嘗試掙脫陷阱，因此受傷慘重。

那是一種特製的捕獸夾，任何動物只要誤觸裝置便無法逃脫，而且越是掙扎、夾得越深。許多小動物像是兔、狐、獐、羊、貂、石虎等，都因為動彈不得而活活餓死；大型動物如雲豹、黑熊、水鹿、山豬等，因為氣力較大，自然會試圖掙脫，不料卻是越陷越深，最後失血過多，不幸死亡。

女孩的臉上血淚斑斑，還沾上許多樹葉與泥巴。她看了卓清揚一眼，其眼神之悲傷，似是生無可戀。接著她雙眼一閉，陷入昏厥。

師父將身上的黑色斗篷脫下，蓋在女孩身上，接著對卓清揚大喊：「快，你用力把夾子撐開，我把她拖出來！」

「小妹妹，妳醒醒啊！師父，您快救救她！」

卓清揚吸了一口氣，咬牙使盡洪荒之力將捕獸夾撐開。

師父撿來兩片木條與一條藤蔓固定住女孩的手，小心翼翼地將她從捕獸夾中拖了出來。再解下身上盛裝飲用水的皮囊，打開瓶口，倒水幫女孩清洗傷口。

「你去取清水過來，再去撿木枝生火。」

「是！」

卓清揚在瀑布取水，裝進兩個皮囊。再撿拾一些乾樹枝，回到原地。他將皮囊交給師父，然後捲起袖子生火。天冷潮溼，他將自己弄得灰頭土臉，好不容易才生起火，師父也終於完成傷口清理，開口呼喚：「清揚，你快過來！」

「是！師父。」

「好在沒有傷及經脈與骨頭，不然就麻煩了。要治療如此大範圍的傷口，必須使用縫合術，以銀針及桑皮線將傷口縫合起來。我想你以後再遇到類似病例的機會應該不多，等一下你可要睜大眼睛，好好看著我怎麼做，把每個步驟都學起來。」

「是！」

卓清揚聚精會神地看著師父，首先是用火消毒銀針，接著穿入桑皮線，然後像是在縫衣服一樣，卻是從未見過的針法，手法俐落地將裂開的皮肉縫合在一起。

師父指著縫好的傷口對卓清揚說：「醫者父母心，她是一個姑娘，所以我們在縫合時要特別仔細，除了要縫得漂亮，還要避免留疤，因此傷口的照護要特別注意。除了外敷藥膏及內服湯藥，飲食上面也要注意，最好用上對傷口癒合有幫助的藥材，像是用淮山、茨實、紅棗煮生斑魚湯，還有——」

師父的話還沒說完就被卓清揚打斷：「可是師父，她的傷口很深，又很長，若想不留疤，應該很困難吧？難不成是要將燕窩、珍珠粉這些昂貴的東西拿來每天當飯吃嗎？」

師父笑了笑，搖頭道：「燕窩、珍珠粉都是凡間俗物，價格昂貴，但效果有限。」

「那怎麼辦？」

「常言道，相逢自是有緣，為師今日為了她，想嘗試一種我還沒讓人用過的新藥。」只見師父一臉神祕，從袖中取出一小罐膏藥，他才剛剛掀開一絲封口，一股清新宜人的花草香味便撲鼻而來。

「師父，這是什麼？如此清香的味道，我怎麼從來都沒聞過？」卓清揚好奇地問。

「小子，你當然沒聞過，此藥只應天上有，這可是用回天草製成的藥膏。多年前，我在北方的翠山附近行醫時，救了一位生病的得道高僧，這是他送給我的回禮。」

卓清揚抓抓頭，不解地問：「回天草？本草綱目上有這款藥草嗎？它有什麼功效？」

「此藥人間百年難得一見，記得在我小的時候，你師公，也就是我父親，曾經告訴過我，相傳在翠山上有一條祕徑，能直通九重天上的天池，這回天草就是生長在天池邊，長期吸收天地靈氣與日月精華，故能治癒百病、起死回生。」

「顧名思義，所以它才叫做回天草啊？真有那麼厲害嗎？」

「沒錯，高僧說，縱然是形氣相失、脈象死沉、五臟皆敗的將死之人，若能服用以新鮮回天草熬製而成的湯藥，就能起死回生。至於曬乾的回天草，效果雖然不如新鮮的好，但若是製成外敷膏藥，則能加速傷口癒合，不信你看。」

師父從袖裡取出一只乾淨的竹片，用它挖了一坨藥膏，再於小女孩的傷口上輕輕塗抹一層薄如蟬翼的藥膏。

只見那淡綠色半透明的膏藥竟以肉眼可見的速度，如流沙般滲入傷口，更神奇的是，不過須臾之間，傷口竟然漸漸開始結痂。

面對從懂事以來未曾見識過的異狀，卓清揚是瞠目結舌。

「好了，嘴巴閉上，快！去找一些木條來做擔架，我們把她帶回去照顧。」

卓清揚趕緊從林中找來兩根粗細長短相仿的枯木，再脫下自己身上的斗篷、固定在兩根木頭之間，他與師父聯手讓女孩平躺於擔架上，再合力將她抬回家。

回家之後，卓清揚小心翼翼地幫小女孩擦拭身體，將她身上大大小小的傷口一一抹上藥膏，最後再幫她換上一襲乾淨的衣裳。

夜裡，小女孩發了高燒，讓負責照顧她的卓清揚擔心不已。她的傷口雖已無大礙，但她全身赤裸在潮溼陰冷的山林裡不知道待了多久，因而染上風寒，高燒不退。

睡夢中，小女孩不停流淚，驚慌失措地大喊：「爸爸、媽媽、不要！」

卓清揚緊緊握住她的手，溫柔地安撫她：「別怕，妳現在很安全，已經沒事了，快睡吧！別擔心，有我在，我會保護妳。」

小女孩的表情依然緊張不安，他在無計可施的情況下，只好輕輕哼起小時候阿娘哄他睡覺用的兒歌：

月娘光光照田庄，照著紅眠床。
紅眠床頂囡仔睏，一暝大一寸。

……

翌日，公雞啼叫，卓清揚急忙睜開雙眼，迅速起身下床。

他正要走進女孩所在的西廂房，背後卻傳來師父的聲音：「不用進去了，她走了。」

卓清揚不敢相信自己的耳朵，轉身望向師父。

「走了？用走的？怎麼可能？她燒了一整夜，我整晚沒睡都在照顧她，剛剛才稍微休息一下，然後她就走了？」

「她的家人來接她。」師父右手一揮，眼神莫可奈何，但他手裡有一只金色錦囊，引起卓清揚的好奇。

「師父，您手裡拿的是什麼？回禮嗎？這次是什麼寶貝？能不能讓我瞧瞧？」卓清揚想拿走錦囊，不料師父的動作更快，搶先一步將錦囊塞進了袖子裡。

「小孩子別多事，以後時機成熟，為師自然會告訴你。時間不早了，快去準備準備，吃完早餐就該開始看診了。」

「是。」卓清揚心不甘情不願地朝廚房走去。

回想起這段往事，卓清揚再次聞一聞手絹上的味道。

不錯，這肯定是回天草的味道。可是小金小姐為什麼會有這麼珍貴的回天草？

難道大戶人家出身的小姐，真有通天的本事？

當年我要是有回天草，娘子也就不會……

卓清揚嘆了一口氣，又搖一搖頭，不願再次回想。

他轉過身，走到書櫃前面，從架上抽出一本古籍，書名為《千方要略補》。

《千方要略》的作者是卓清揚的師公，也就是他師父尹樑的父親尹杰所寫，內容為其畢生醫術之精華。《千方要略補》則是尹樑記錄自己行醫四十多年的所見所聞，還有多種罕病治療的臨床經驗，將《千方要略》中不足之處一一加以補充。《千方要略補》的最後一章，名為「替代用藥」，是尹樑年輕時四處遊歷，效法神農嚐百草的精神，翔實記錄蓬萊島上的各種藥草名稱、外觀、分布、用部、性味、歸經、效用、劑量與方例等，並且搭配精美細緻的手繪畫像。

卓清揚坐在書桌前面，依循短缺藥材紀錄，開始在書中查找替代用藥名稱，並用紙筆記錄下來。

麻黃，發汗解肌，可用浮萍替代；三七，散血定痛，可以用桃仁、紅花、赤勺代替；葛根，鼓胃氣上行、生津止渴、開腠發汗、解肌退熱，可用蓬萊升麻代替。做一點淡豆豉備用。

多採一些虎耳草、藥虎花、虎子花、姑婆芋、小金英、金花菊、金花藤、金茘枝、金耳鈎、金狗毛、七寸金。

「阿爸，這麼晚了，您怎麼還不睡？」妹仔在卓清揚不知不覺間，悄悄走進來，站在書桌旁邊，睜大眼睛問。

卓清揚見狀，立刻放下手中的筆，微笑道：「我還在忙，妳怎麼起來了？是在擔心什麼，所以睡不著嗎？」

妹仔點點頭，用手指著卓清揚說：「您。」

卓清揚伸手摸摸她的頭，問：「我？我有什麼好擔心的？」

妹仔皺眉道：「您晚餐只吃了兩口飯就說吃飽了，連我煮了您最愛吃的菜脯蛋還有菜頭湯，您也一口都沒吃，阿爸，您有什麼操煩的事情嗎？」

「看來阿爸什麼事都逃不過妳的法眼，那妳猜猜，我在煩惱什麼？」

妹仔看了一下前方的藥櫃，有幾格抽屜沒完全關上，再看了一眼書桌上的書籍與紙筆，答案已是了然於心。

「家裡沒有藥材了，您想去山裡採一些替代用藥，對吧？」

卓清揚摸摸妹仔的頭，笑道：「真厲害！我家女兒這麼聰明，到底是像誰啊？」

「當然是像……媽媽，還有外公。」

「好啊！好的都像妳媽媽，壞的都怪我？」卓清揚忍不住抗議。

「當然，您不也說，媽媽的醫術比您更高明？」

「是啊，家裡這麼多本醫書她通通都讀過，還整理出勘誤表和註解，要是她還在的話，我剛剛連醫書都不用查，直接問她就好了。」

「阿爸，你有空的時候多說一些媽媽的故事吧？真希望我能像媽媽一樣聰明、記憶力又好，這樣等我長大之後，就能幫助更多的人。」

「妹仔，妳還是想要學醫嗎？」

妹仔用力點頭，雙眼發亮看著卓清揚：「我想跟您一起四處行醫救人，我可以邊做邊學。」

不料卓清揚迴避她殷切的目光，他垂下眼，神色木然道：「我連妳媽媽都救不了，又能教妳什麼？」

「阿爸，媽媽的死不是您的錯。」妹仔大聲道。

「妳還小，有很多事情妳不明白。」

「可是……」

「好了，我累了，妳想學醫的事情，我們以後再說，妳快去睡覺吧！」

看著卓清揚板起臉，一副拒絕溝通的模樣，妹仔知道此時多說無益。

她壓抑著自己內心的失落感，勉強擠出一絲笑容，乖巧道：「是。您也早點休息。」說完轉身離去。

「唉。」望著妹仔小小的背影，卓清揚又是一口長嘆。

他回想起自己當年與妻子一同學醫時，妻子為了讀書而廢寢忘食的模樣，忍不住搖頭。

小小年紀就這麼聰明、固執，簡直和她媽媽一模一樣。

忽然間，一道奇異的閃光將他的思緒從回憶中拉回現實。

桌上那塊從迷霧森林結界中帶回來的圓形臘光玉牌，竟然一閃一閃發出微弱的金光。

卓清揚伸手拿起玉牌仔細端詳，接著拿起桌上的毛筆，將玉牌上刻的獸紋圖案繪製於紙上。

這個圖案，好像是……甲骨文？

小金坐在書桌前，手裡拿著一隻精美的「捏麵虎」，興致盎然地把玩著。

原來陳峰送給阿弟的那隻「捏麵虎媽媽」，被卓清揚當成救命之恩的回禮，送給了小金。

看著捏麵虎身上黃黑相間的紋路，還有細緻的五官表情，小金忍不住發出讚嘆：「真有趣，不知道還有沒有其他的款式啊？小兔子之類的？人類的手還真巧，做得真好、真漂亮。」

說到「漂亮」這兩個字，小金忽然想起卓清揚的臉龐，她的雙頰也因此微微發燙。

小金平日少有機會接觸到壯年期的雄性人類，只見過一些老人、少年與男孩。卓清揚是她見過的所有男人之中，長得最好看的那一個。如果一定要用一個詞彙來形容，那就是「俊朗」。

那天，當她扶起頭破血流、陷入昏迷的卓清揚，再用乾淨的白布沾了水，輕輕擦去他臉上的血跡與髒汙，使得原本看起來灰頭土臉髒兮兮、非常不起眼的他，逐漸展現真正的面貌。

他的天庭飽滿、睫毛密長、鼻梁高挺、人中深長、唇紅豐潤且寬大、下巴方正、雙頰消瘦，麥色皮膚略為粗糙，有種歷盡風霜的滄桑感，尤其是下巴上的新生青鬚還扎了小金的手指，害她嚇一跳。

「靜姝[3]，我好想妳，不要離開我。」卓清揚突然睜開雙眼道。他的眼神迷離，語氣急切地伸出手。

於是小金很自然地握住了他的手。

他的手很大，觸感比他臉上的肌膚還粗糙，想必生活操勞。但他的手心很溫暖，彷彿有一股暖流，直通到她的心坎裡。

小金才剛剛握住卓清揚的手，他便露出一絲心滿意足的微笑，寬心地閉上雙眼，再度陷入昏迷。回想起當時的情景，卓清揚明亮的眼眸中漾著濃濃的深情與眷戀，小金的心便撲通、撲通、撲通，不停地狂跳。

他一定是認錯人了，不過這個「靜姝」到底是誰？竟讓他如此掛念？

小金手撐著臉，心裡不是滋味。

「啾啾啾啾——」一陣急切的鳥叫聲打斷了小金的思緒，一隻怒髮衝冠如伍子胥一夜白頭的黃山雀，急速振動翅膀，從敞開的窗戶外面飛進屋內。

牠的臉腹布滿亮麗的鮮黃色羽毛，但頭冠、背部、雙翼及尾羽卻是黑藍色且雜有白紋。牠的身形嬌小，只比尋常的麻雀再稍微大上一些些，模樣十分可愛。

黃山雀鳴叫不止，還在空中盤旋兩圈，最後才降落在小金的桌上。

「小黃，怎麼啦？橫衝直撞的，森林裡發生了什麼事嗎？」小金摸摸黃山雀的頭。

「啾嗚唧唧唧啾嗚啾唧呦嗚嗶哩唧嗶哩唧……」黃山雀語無倫次說著一大串鳥語，但過快的語速及亂無章法的句構，卻讓小金聽不明白。

「你說慢一點，西方的村子，很多人，蛤？什麼？吃什麼？吃什麼雞？」小金皺眉道。

黃山雀停止叫聲，拍動翅膀飛到小金的身邊，接著搖身一變，化為一位皮膚白皙、五官清秀英挺，卻依然怒髮衝冠的黃衣少年。

他的金口一開，沒好氣道：「吃什麼吃啊？妳就想到吃，是抓！有一群黑衣人正在往西方行義村的方向前進，看起來好像是要去抓人！」

小金立刻站了起來，「什麼？那你先過去盯著他們，我隨後就到！」

少年點點頭，又化為鳥的模樣，從窗口飛出去。

小金連忙從櫃子裡搬出一個用枕頭做成的假人放在床上，假人的臉上貼了一道符咒，上面寫著「我是小金」。她匆匆幫假人蓋好被子，再放下床鋪兩邊的簾子。接著悄悄離開房間，朝行義村方向狂奔。

但用兩隻腳跑步實在太慢，於是小金在進入迷霧森林後立即「現出原形」。

她幻化為虎形，四隻大長腿猛然疾行，靈巧地跨越種種障礙，速度之快，宛如一道流動的金光。

森林裡其他的夜行動物們，如白面鼯鼠、狐蝠、鼬獾、領角鴞等見狀，紛紛恭敬地讓路閃避。

趙急的肩膀上扛著一個空的麻布袋，手拿著一張紙，紙上畫了一間茅草屋。他抬頭一看，距離約二十步之遙處，恰巧有一間茅草屋。

「這是最後一家吧？」

「對，是個小女孩，讓我去速戰速決吧，你在這裡等著。」陳穩說。

趙急點點頭，苦笑道：「好，對付女孩子，還是你比較有辦法。」

陳穩笑了笑，接著搖身一變，變成一隻黑色幼犬。

幼犬發出嗷嗷嗷的撒嬌叫聲，朝茅草屋門口走去，接著站在門口，用兩隻前爪不停地抓著門板，再嗷嗷嗚嗚地吼叫。

「是隻小狗狗啊？你肚子餓了嗎？」小女孩推開大門旁邊的一扇小窗戶，從屋子裡探出頭來，望著家門前的小黑狗說。

「嗷嗚……」小黑狗轉頭望著聲音的來源，眼睛眨巴眨巴，像是又餓又睏。

女孩立刻關上窗戶，走到門口打開門，再低頭看著小黑狗。

小黑狗一見到小女孩，水亮的大眼睛馬上變得一閃一閃、淚眼汪汪，既無辜又興奮地不停搖晃尾巴。

「快進來吧！我餵你吃東西！」小女孩蹲下身子，一把抱起小黑狗，再關上家門。

「嗷嗚嗷嗚嗷嗚……」小黑狗在女孩的懷裡發出開心的叫聲。

眼看變身為小黑狗的陳穩竟然不費吹灰之力，輕輕鬆鬆地順利進入小女孩的家，隱身在樹下的趙急忍不住讚嘆：「這招真是屢試不爽，不管是女孩還是女人，都對小動物毫無招架之力。」

趙急的話才剛說完，就聽到「啊」的一聲，屋裡傳出女孩的高聲慘叫。

趙急立刻背起放在地上的麻布袋，快步走向茅草屋。

正當他伸手要敲門時，門卻自動打開了，害他嚇一大跳。

他定睛一看，是陳穩，他笑嘻嘻地看著自己，表情相當得意。

趙急皺著眉，望向屋內，只見小女孩雙眼緊閉倒臥在地上，一動也不動。

「這次又怎麼了？你怎麼老是忍不住咬人？她現在是活的還是死的？」

「沒辦法，小女孩的味道又香又軟的，我還被她抱在懷裡，啊！我實在是很難克制與生俱來的慾望和衝動。不過你放心，我只在她白皙軟嫩的脖子上小小地、輕輕地咬了一小口，毒性不會太深，她就是昏過去而已。兩個時辰內就會恢復意識，我保證，她一定還活著。」陳穩依然嘻皮笑臉。

「唉！那我們快點動手吧！」

趙急將背上的麻布袋打開，取出一個大包袱，再將袋子丟給陳穩。

陳穩打開布袋，將裝在裡面的一具骨骸拿出來，放在小女孩的身邊。這具骨骸的大小，竟與小女孩的身高完全一致。

陳穩一把抓起中毒陷入昏迷狀態的小女孩，打算將她裝進袋子裡。不料女孩卻突然回復些許知覺。只見她雙眼翻白、發出如中邪般低沉的喉音，不停扭動身軀，接著她竟反抓陳穩右手，一口猛然咬下！女孩的唇齒頓時滿是鮮血，就像是一隻獵犬緊緊咬著獵物不放。

「妳！」陳穩又氣又痛，索性用左掌用力拍向女孩的天靈蓋。

女孩因重擊再次陷入昏迷，陳穩立刻將她裝進袋中，再緊緊束上袋口。

趙急從大包袱中取出一些碎肉塊、碎臟器、皮膚及毛髮，放在女童骨骸邊，又拿出一罐鮮血潑灑在骨骸周邊的地面、牆面以及家具上。

最後他拿出一副鐵爪，在牆面上留下兩道深深的抓痕，看起來就像是一隻猛虎在攻擊人類時不慎抓傷牆面的痕跡。

陳穩望著他們精心布置好的犯罪現場，心滿意足道：「哎，差不多了，我們快走，把她帶回去，我再去找大喬、小喬，這樣時間剛剛好。」他一肩扛起裝有小女孩的麻布袋，快速步出屋外。

趙急也趕緊收拾好工具，與陳穩連袂離開現場，還刻意將大門敞開。

黃山雀從門口衝進案發現場，只見遍地的殘骸血腥。於是他再度化身人形，立於門邊嘆氣：「唉，我們又遲了一步。」

他小心翼翼地觀察現場，試圖找出一些蛛絲馬跡，同時避免留下任何一丁點自己來過的痕跡。在搜查過程中，小黃在靠近門口的椅子底下看見一絲綠光。

隨後抵達的小金站在門口，見到人去樓空的畫面，旋即從虎身轉回人形。她氣得雙手叉腰罵道：「又讓他們逃走了嗎？可惡，這些嫁禍虎族的敗類，我……我要詛咒你們通通都吃飯噎著、不得好死！小黃，你有發現什麼異狀嗎？」

「這次他們好像有點匆忙，竟然落下這個玩意兒。」

小黃將一只沾了血的綠色戒指遞給小金。

「這是什麼？」小金聞一聞戒指，「這不是人血的味道，嗯……他們這次用的是雞血。」

「這是一個翡翠扳指，就是人類拉弓射箭時用來保護拇指的工具，但它同時也是一種裝飾品。妳仔細看，這上面有刻字。」

小金仔細端詳扳指上沾有血跡的紋路，疑惑道：「這是字嗎？感覺比較像圖騰？這要直的看，還是橫的看啊？」

小黃吐槽：「叫妳讀書不讀書，這是甲骨文，是犬的古字，就是小狗，汪汪汪。」

「喔！原來是犬字啊，哈哈哈哈，我想起來了！」

小金裝得一副自己突然想起來的模樣，讓小黃忍不住吐槽：「少來了，妳根本不記得，妳連『人之初』都可以寫成『仁蜘蛛』，妳怎麼可能會甲骨文？」

「喂！你少瞧不起人好不好？至少我會『虎』的甲骨文。」

「我看妳是比較會唬人啦！」

「你就愛抬槓。咦？小黃你看這個。」小金指著地上，有一串點狀血跡從門檻前面開始，一路延伸至門外的小徑上，遠看就像是一排朝遠方撤退的紅火蟻。

「看樣子，若不是身上不小心沾上血跡，就是他們用來裝血的容器沒關好，漏出來了。」

「或者，是他們有人受了傷。」小金說。

小黃點點頭。
此時遠方突然傳來一陣腳步聲還有火把燃燒的味道，感官靈敏的小金立刻低聲道：「有人來了，我們快走。」
「妳先從後門離開，我來追蹤這道血跡看看。」
「好。」小金轉身朝後門走去。
小黃再次化身為鳥，振翅飛出門外，依循地上的血跡，一路朝東邊飛去。

行義村的村長陳峰打著火把，領著六名村子裡的壯丁，手持鋤頭、鐮刀或耙子，進行例行性的夜間巡守，一行人浩浩蕩蕩地路過茅草屋。
此時小劉突然拍拍陳峰的肩膀，指著茅草屋說：「村長，你看，老王家的大門怎麼是開著的？」
陳峰直覺不太對勁，朝眾人揮手道：「進去看看！」
巡守隊七人快步走向茅草屋，不料眼前鮮血淋漓、慘絕人寰的景像，讓所有人倒吸一口冷氣。
「快看，是老虎吃人啊！」小劉指著牆上的虎爪印，對眾人說。
「真的是老虎啊！」
「這爪印肯定是老虎沒錯！」

「怪了，這老虎是怎麼進來的？」

「我聽說南邊村子前兩天也有老虎吃人，死了三個小孩，弄得是人心惶惶，許多父母就是大白天要出遠門，也不敢把孩子留在家裡。」

「老王人呢？又到哪家去喝酒了嗎？快去把他找回來！」

「村長！您可要給老王一個交代啊！他就這麼一個寶貝孫女啊！」

對比巡守隊員們你一言我一語、七嘴八舌、慌亂焦急的模樣，村長陳峰卻是面色凝重，望著牆上的爪印，一語不發。

---

2 班固《西都賦》。「火齊」是一種寶石，狀如雲母，色如紫金，有光耀。「懸黎」與「垂棘」則為能發出夜光的美玉。

3 《詩經・邶風・靜女》：「靜女其姝，俟我於城隅。」

第五回　弄巧成拙

清晨，厚厚的雲層剛剛透出一絲光芒，薄霧瀰漫的蓬萊山上便出現一個挺拔的身影。

卓清揚身穿藏青色布衣、頭戴斗笠、肩上斜掛著一只布袋、腰上繫著一只裝水皮囊、背上揹著竹簍，沿路採集藥草。

見青即是藥。

這是師父尹樑最常說的一句話，偏偏今日他始終見不著青。

不知為何，幾年前在山腳邊就能輕易見到的藥草們，今日已走至山腰處，依然不見蹤影。更奇怪的是，他一路走來，只見到一片枯黃，甚至還有寸草不生的景象。

面對如此前所未見的情況，卓清揚的內心忐忑不安。

隨著視線兩側的霧氣變得越來越濃，他知道他已經走進迷霧森林，旋即提高警戒。

忽然間，眼前半身高的草叢裡，有一道白影不停搖晃，發出窸窣聲響，於是他立刻上前查看。

卓清揚用力撥開半身高的草叢，發現一隻誤入陷阱、正在掙扎的小白兔。小白兔受了傷，牠的後腳被地上一根削尖的竹子斜穿而過、流血不止，牠因此動彈不得，卡在上面，發出陣陣微弱哀號。

「可憐的小兔子，我來幫你了。」

竹子尖端刺穿了牠的腳，若將竹尖從牠的腳上直接拔除，將加深傷口撕裂，導致更多失血。於是他從竹簍裡取出一把小刀，小心翼翼地將竹子切短，僅保留扎入兔腳內的一小段。

接著他抱起小白兔，走到旁邊的大樹下，坐在突起的樹根上，準備幫小白兔清創包紮。

卓清揚單手翻了翻身上的布袋，裡面雖然有創傷藥，卻只能用來治療如擦傷、破皮等輕微的皮外傷。袋子裡也沒有能用來縫合傷口的銀針與桑皮線。

「唉，可憐的小傢伙，看來我只能把你帶回家治療了，你可要撐著點啊！」卓清揚溫柔地摸摸小白兔的頭。

「你不如把牠交給我吧？」

一個熟悉輕快的聲音從旁邊出現，卓清揚轉頭一看，竟然是小金！

「小金小姐，您怎麼會在這裡？」

「我家就住在這裡，我當然在這裡啊。」小金雙手叉腰道。

「貴府在迷霧森林裡？」卓清揚不解。

小金驚覺自己不小心說錯話，趕緊轉移話題：「咦？小兔子，你受傷了嗎？」

她走到卓清揚身邊，與他並肩而坐，一臉擔心地問：「可憐的小兔兔，你應該很痛吧？別怕，我來幫你了。」

小白兔抬頭望著小金，瞬間面露驚恐、瑟瑟發抖。

小金靠近兔子耳朵邊，低聲道：「放心啦，我不會吃你。」

小白兔這才回復鎮定，發出一陣哀嚎。

「您看，牠的腳被竹子刺穿了，偏偏我手邊沒有能幫牠治療的藥材與工具。」

「你就直接把竹子拔出來吧！」

「可是這樣牠會流血不止。」

「別擔心，你只要負責拔，剩下的交給我，相信我。」小金說得自信，只差沒拍胸脯，於是卓清揚乖乖照辦。

他迅速將竹子從兔腳裡拔出，再用皮囊中的飲用水幫牠沖洗傷口。

小金從袖子裡掏出一只白玉藥瓶，紅布封口一開，一股清新宜人的草藥味便瀰漫在空氣中，彷彿淨化了空氣。

「回天草藥水！這是用生長在天池邊的回天草所製成的藥水吧？可以治癒百病，還能起死回生！」

卓清揚雙眼發亮看著小金，那種既興奮又欣喜的模樣，小金只有在吃到烤乳豬的時候才會出現。

「回天草？沒聽過，什麼天池我也沒聽過，我只知道幻湖，還有幻湖草。」小金聳肩，將藥水倒在手心，再用手指蘸藥水抹在小白兔的傷口上。

「您說的幻湖，可是位於九重天上？從北方翠山上的那條祕徑上去？」

小金搖頭，伸手往山上一指：「就在那兒，山頂的最上面。」

「怎麼可能？我是在蓬萊山下的弱水村長大的，整座蓬萊山我從小到大不知走過多少次，它的山頂上只有大霧一片，哪來的湖？」

「你不相信？」小金張大眼睛。

卓清揚搖頭，「不相信。」

「眼見為憑，我帶你開開眼界好了，你什麼時候有空？」

「嗯……明天我要去行義村義診，要三天後才會回來。」

「那好，三天的話就是明天、後天跟大後天，那大後天再隔一天的傍晚，夕陽西下前，我們在山頂碰面。」

卓清揚點頭，露出燦爛笑容，「一言為定。」

看著他雙眼彎彎、唇紅齒白，嘴頰邊竟然還有兩個甜甜酒窩的俊俏模樣，小金的心彷彿停了一拍。

她不小心鬆了手，小白兔便「咚」的一聲，往前跳走了。

「喂！小傢伙，別逃啊！我還沒幫你包紮呢！」

眼看小白兔越跳越遠，小金起身欲追上去，卓清揚卻伸手拉住她的手，「讓牠去吧！看樣子應該沒有大礙了。」

望著小白兔逐漸遠去的背影，小金大喊：「小兔子，你要小心，不要再掉進人類的陷阱啦！給我好好活著，活久一點！」

看著小金清麗的側臉、感受她掌心的溫度，還有她對小白兔的細心叮嚀，卓清揚覺得自己好像被一種神奇的魔法治癒了。神奇的魔法不僅消除他一早起來上山採藥的疲勞，更驅散了他所有的煩惱與憂愁，還帶給他一種既安心又踏實的感覺。

莫非小金小姐是神仙下凡？

「阿爸，您回來啦！」妹仔站在門邊迎接卓清揚進門。

「妹仔，怎麼這麼早起？不多睡一下？」卓清揚邊說邊卸下頭上的斗笠，掛在牆上，再將背上的竹簍放在地上。

妹仔看向竹簍，發現簍子裡的藥草數量竟然連半簍都不到。

「山上的藥草都被採光了嗎？」

「現在幾乎沒有什麼藥草了，可能要再往山頂上看看，而且今天山上的霧太大了，看不清楚，等過兩天，我從行義村回來後，我再帶著妳還有阿弟，三個人一起上山採藥兼踏青，我們六隻眼睛、六隻手，看看能不能多採一點回來。」

妹仔笑道：「太好了！阿爸您先去用早餐吧，我煮了稀飯。」

卓清揚點頭，「妳去叫阿弟起床一起吃吧，這個小懶豬，又想睡到太陽曬屁股嗎？」

妹仔轉身走向房間叫阿弟起床，卓清揚則將竹簍拿到藥房，隨手將替代用藥清單放在桌上。

翌日清晨，天還沒亮，卓清揚便揹上藥箱出門，在一片寂靜中前往行義村。

他才剛剛關上家門，躺在床上的妹仔便立刻張開眼睛，悄悄下床。

妹仔走進藥房，在阿爸的書桌上發現她的「獵物」，那一張替代用藥清單。

清單上面，除了藥草名稱之外，還有昨日的採集結果紀錄。

妹仔唸道：「浮萍、水萍草足，紅花、赤芍少許，二一果無，牛頭羌無，胡柴葉少許……」

妹仔轉身走向書櫃，抽出外公寫的那本《千方要略補》查閱。

「姊姊，妳在幹嘛？阿爸不是說，不可以隨便亂動他的東西嗎？」阿弟突然冒出聲，讓心虛的妹仔嚇了一大跳。

「嚇死我了，你幹嘛突然講話？天都還沒亮，你睡你的覺，不要多管閒事。」妹仔不悅道。

「妳不跟我講妳要幹嘛的話，我就要跟阿爸說妳亂動他的東西喔。」

「嚴格來說這是媽媽的東西。但你是流氓嗎？你從哪裡學的？居然敢威脅姊姊？」妹仔舉手作勢要敲阿弟的頭，卻被他敏捷地閃過。

阿弟指著妹仔手上的書，還有替代用藥清單問：「妳想幫阿爸上山採藥嗎？」

妹仔點頭，「阿爸太辛苦了，我想幫幫他，讓他有時間多多休息。」

「那妳要自己上山去嗎？」

妹仔堅定的點頭：「嗯。」

阿弟一臉害怕的問：「可是山裡面有虎姑婆耶，妳不怕嗎？」

「虎姑婆只有晚上才有，白天……她應該在睡覺，不會出來啦！」妹仔說得肯定，但她其實根本不確定虎姑婆會不會在白天出沒。只不過在膽小鬼弟弟面前，她必須維持「姊姊是對的」的形象。

「可是去山上要走很久，山裡面又很大，萬一迷路怎麼辦？」

「你放心，我會沿路做記號，只要跟著記號走，就可以回到家了！」

阿弟舉手道：「那我也要去，我要去幫『龜龜』找一個朋友。」

龜龜是阿弟心愛的寵物，一隻俗名「關刀龜」的長角大鍬形蟲。

「拜託，你的龜龜這麼愛打架，誰想當他朋友？」

「唉呦，我不管、我不管啦！我一定要幫他找一個朋友，他真的很需要有一個朋友，不然他一個人很孤單。」

阿弟使出他大絕招：八字眉、眼眶含淚以及鼻音超重的哭腔，一副「妳要是不答應，我就要大哭了喔」的模樣。每次只要他使出這招對付阿爸與姊姊，都是百戰百勝。

妹仔無奈地嘆氣：「你每次都這樣，好啦、好啦，帶你去啦，是你自己要跟去的喔，不要到時候阿爸生氣，你又說是我強迫你去的，那我要跟你切八段喔！」

「好啦！不然我們打勾勾。」阿弟笑嘻嘻地伸出手。

「打勾勾、蓋章之後就不能反悔喔！」

阿弟點頭，於是妹仔立刻伸手勾住阿弟的小指，再用拇指碰觸阿弟的拇指。

「那我們什麼時候去？什麼時候去？」阿弟一臉興奮，迫不及待的樣子。

「你先去洗個臉，我們吃完早餐就去。」

妹仔肩上揹著竹簍、腰上繫著裝水皮囊，右手拿著裝了飯糰的包袱、左手再牽著阿弟，兩個人一起朝蓬萊山走去。

上山之後，每逢岔路，她便用滑石粉抹在樹幹上做記號，留下一道白色痕跡。

這一路上，妹仔都睜大眼睛四處查看，專心尋找藥草，卻是一無所獲。

阿弟則是緊盯著所有路過的樹幹與樹枝，一心一意想找到另外一隻強壯的長角大鍬形蟲，與他的龜龜作伴，卻也遍尋不著。

如此瞻前不顧後，又嚴重缺乏警覺心的兩個人，壓根沒發現在他們背後的草叢裡，有兩雙眼睛對他們虎視眈眈。

「這兩個，是弱水村的人吧？」趙急低聲問。

「是啊，我們先回山洞準備一下，再來把他們倆都帶走。」陳穩答。

趙急點點頭，兩人隨即消失於無形。

與之同時，停在樹上的黃山雀忽然衝向天際，急速拍動翅膀，奮力朝遠方飛去。

「唧唧啾唧啾嗚啾嗚唧呦嗚嗶哩唧……」黃山雀從窗外如飛箭般衝進小金房內，然後盤旋在空中不停鳴叫。

「噓！小黃，你快下來，別叫了，要是讓阿嬤聽到我就死定了！」

小金壓低嗓子，招手要小黃趕快閉嘴。

「咦？妳又被阿嬤罰啦？上次是抄《心經》，這次是抄什麼？」小黃落地變成人形，一臉幸災樂禍的樣子，望向小金桌上的紙筆，標題是「弟子規」。

「天啊！阿嬤還真老派，難不成下次妳要抄《三字經》嗎？」

小金伸手用力摀住小黃的嘴巴：「你閉嘴啦！萬一被阿嬤聽到怎麼辦？很危險耶！」小金緊張得抬頭四處張望，深怕又有天外飛來的桃子攻擊。

小黃一把推開小金的手，表情嚴肅道：「嘖！我差點忘記是來通風報信的。上次我沿著血跡一路追蹤，最後追到蓬萊山腰附近的一座洞穴。有兩名黑衣人，一高一矮，進進出出那個山洞好幾次，我猜他們是在行義村綁架王家孫女的人，而那座洞穴就是他們的老巢。剛剛他們在迷霧森林裡看上一對小姊弟，還密謀要將姊弟倆綁架到山洞。我猜那個山洞裡面有他們陷害虎族的證據，我們趕快去看看。」

「可是阿嬤她現在在前面花園裡種花，如果我要出去的話，就一定得經過花園……」

「誰說的？妳家後花園裡有一條密道，妳不知道嗎？」

小金搖頭，「真的假的？怎麼可能。」

「真的啦！我每天都在妳家裡飛來飛去，跟我來吧！」

小黃拉著小金悄悄步出屋外，走到後花園。接著他變身為鳥飛到空中，帶領小金穿越像迷宮一樣的層層奇石林與一大片竹林，最後順利抵達迷霧森林。

「天啊！我長這麼大，居然直到現在才知道有這一條密道，這樣以後要偷跑出去就容易多了。」小金開心道。

小黃再度化為人形吐槽：「妳傻了，要不是有我帶路，妳自己一個人根本出不來好不好。」

「哼！這一路上哪邊要左轉，哪邊要右轉，我全部都記下來了，才不用靠你。」

「妳真是好傻好天真。這條路線是會變的，每天出去的路都不一樣。那些石頭都被阿嬤施了法，它們在夜裡可是會移動的。」

「是嗎？可惡啊……」小金扼腕。

「哎，我們走快點，那對小姊弟應該就在前面。」

小金點點頭，兩人快步向前邁進。

阿弟趁著妹仔不注意的時候，偷偷爬到一棵大樹上面，想在高處尋找鬪刀龜的蹤影。

妹仔剛採完一株藥草，一回頭就看到阿弟竟然在爬樹，還爬了一層樓高，嚇得她立刻飛奔至樹下，大叫：「阿弟，快下來，你爬這麼高，萬一掉下來很危險的！」

「我不要，我要去找龜龜的朋友小龜，牠在那邊。」阿弟手腳並用，匍匐在一根向外延伸的樹枝上，朝一隻停在樹枝末梢處的鬪刀龜移動。

「阿弟，這樣很危險，樹枝承受不了你的重量，會斷的，你趕快給我下來！」著急的妹仔大吼。

「我不要！我已經快要抓到牠了！」執拗的阿弟奮力伸長了手，想抓住那隻鬪刀龜。

突然間，一陣嘩啦嘩啦的聲音從天而降，天空竟然下起傾盆大雨。一顆豆點大的雨滴落在鬪刀龜的身上，牠便扭動身軀，不耐煩地飛走了。

阿弟見狀，焦急地伸手想抓住牠，大喊：「小龜你不要走。」

不料他一分心，身體失去平衡便從樹上掉下來，發出淒厲的尖叫聲：「啊啊啊啊啊啊……」

「阿弟！」妹仔驚叫。

眼看阿弟掉進樹下的草叢，妹仔連忙上前，用手奮力撥開一層又一層長得比自己還要高的雜草，尋找他的下落。

「阿弟！」妹仔終於看到趴在地上的阿弟，立刻將他扶起。

「嗚嗚嗚……嗚嗚嗚……」阿弟哭得非常大聲，彷彿受傷慘重。

阿弟臉上沾滿泥巴，額頭上腫了一個大包，身上還有多處擦傷，微微滲血。他邊哭邊說：「好痛，嗚嗚嗚嗚……」

「你能站起來嗎？雨越下越大了，我們要趕快回家。」

阿弟哭著搖頭，「腳好痛，我走不動了，嗚嗚嗚……」

妹仔將背上的竹簍改掛在脖子上、置於前方，接著蹲在阿弟面前：「來，我背你，你快上來，手幫我扶著前面的竹簍。」

阿弟吃力地爬上妹仔的背，妹仔則用盡全力才站了起來。

妹仔循著記號走回頭路，但走沒多久，她就發現情況不妙。

「糟糕，沒想到會下雨，雨水把記號沖掉了，這樣我們可能回不了家。」

妹仔憑著直覺行走，卻不小心走錯一條岔路。

如今她眼前的這條路，已經是一條有去無回的不歸路。

阿弟的重量使得妹仔的步伐越來越沉重，她的頭也變得越來越低，視線只看得到地面。

忽然間，她的眼前出現四隻腳，一個聲音尖細的男聲道：「小妹妹，你們要去哪裡啊？」

妹仔猛然抬頭一看，說話者是一位個子矮小的男人，身邊站著一位又高又瘦的男人，兩人都露出友善的笑容。

「叔叔好。」

警覺心強的妹仔沒有直接回答問題，只是有禮貌地先打聲招呼。

「你們是不是迷路了？這裡可是上山的路，下山要往另外一個方向才對，你們應該跟我們一樣都是要下山的吧？」趙急的聲音低沉，聽起來很溫和。

妹仔點點頭，看來自己胡亂走了這麼久，果然是走錯路了。好不容易遇到知道正確方向的人，而且這兩個人看起來也不像是壞人，應該可以信賴吧？

「妳就跟著我們一起走吧！我們也是要下山的。妳們住在哪裡呢？」陳穩再次展現親和力，臉上掛著溫暖的笑容。

「弱水村。」

平時寡言羞怯的阿弟，此時想回家的心已戰勝一切，竟然對陌生人的問題有問必答。

陳穩拍手，「太巧了，我們也是要去弱水村，行義村的村長託我們送信給弱水村的村長。」

「你們是行義村的人嗎？我爸爸常常去行義村，他現在就在那裡。」阿弟說。

「你爸爸叫什麼名字啊？」趙急問。

「阿弟！」妹仔暗示他不要回答，但阿弟卻搶先一步說：「卓清揚。」

「哎呀，原來是卓大夫的孩子啊？真是太巧了，我們是你爸爸的好朋友，妹妹妳小時候，叔叔還有抱過妳呢。」

陳穩伸手摸摸妹仔的頭，卻讓妹仔感到很不自在，她立刻避開陳穩的手，沒讓他繼續摸下去。

「既然是卓大夫的兒女，那就是自己人，來吧！我們送妳們回家。」

趙急一把將阿弟從妹仔的背上拎起，「弟弟你走不動了嗎？叔叔抱你吧！」他的力道之大，讓阿弟與妹仔皆無從抵抗。

趙急抱著阿弟，像陣風一樣快步前進；陳穩則伸手想拿妹仔胸前的竹簍：「我們走吧！要叔叔幫妳揹竹簍嗎？」

妹仔退了一步，尷尬地搖手道：「不用，謝謝，我自己揹就可以了。」

「好吧！那妳趕快跟上吧！」陳穩大步向前，示意妹仔跟在後面。

一行人走著走著，不知不覺中，隊形卻出現變化。

陳穩稱自己掉了東西，便脫隊回頭去找；趙急也刻意放慢腳步，等陳穩回來後，他就變成走在妹仔的後面，讓陳穩走在前面帶路。

「前面住著一位老先生，聽說是很有名的大夫，也是妳爸爸的朋友，只是他歸隱山林多年，已經不隨便幫人看診。妳爸爸說我娘的病應該只有他才治得好，要我去拜訪他，妳們應該不介意順路陪我去一下吧？」陳穩對妹仔說。

妹仔搖搖頭道：「不介意。」

這真是難得的好機會，既然阿爸一直不願意教我醫術，我可以拜別人為師。

如果老先生願意收我為徒，就是要我留在山上幫他洗衣煮飯、做牛做馬，我都願意！

「他就住在前面的山洞裡，馬上就到了。」陳穩指著前方說。

沿途的路確實都是下坡，但越向前走，妹仔的心裡卻越發慌，她隱約覺得好像哪裡不太對勁。

陳穩一連說了三次「馬上就到了」，但她已經腳痠到快要走不動了，卻還沒到達老先生的家。

「叔叔，走了這麼久，怎麼還沒到呢？」妹仔忍不住再次發問。

「就快到了，就在前面。」陳穩的語氣中透露出不耐。

「阿弟，你要不要下來？讓叔叔抱這麼久了，不好意思。」妹仔走到趙急身邊，對阿弟說。

趙急搖頭道：「沒關係，我不累，可以繼續抱他。」

阿弟打了一個呵欠，絲毫沒有要下來的意思，被陌生的叔叔抱著比被親姊姊揹著還舒服，舒服到他都想睡覺了。

「阿弟，你怎麼可以這麼不懂事，快點下來自己走。」妹仔踮起腳尖，拉了一下阿弟的褲腳。

不料這個動作卻激怒了趙急，他大手一揮，竟將妹仔打飛到地上，暈了過去。

阿弟發出尖叫：「啊！姊姊！放我下來、放我下來！」

陳穩將不省人事的妹仔一把扛上肩，再瞪了阿弟一眼：「你閉嘴！再吵我就殺了你！」

阿弟嚇得不敢出聲，眼淚、鼻涕卻流了整臉。

趙急與陳穩帶著阿弟與妹仔走進一座山洞，而那裡正是小黃與小金的目的地。

「就是這裡了。」小黃指著一扇約莫兩層樓高、鑲在石壁裡的厚重木門說。

小金雙手抱胸，一臉疑惑：「真奇怪，先是我家後面有一條我不知道的密道，現在又出現一個我從來都沒有看過的山洞？我還以為我對蓬萊山的一切已經瞭若指掌，想不到我的人生中竟然還充滿了這麼多未知。這個大千世界真是無奇不有、處處都是驚喜！」

「知之為知之，不知為不知，不對，先別作文感嘆人生了，還是救人要緊，我們趕快進去看看吧！」小黃率先向前走了一步。

小金立刻跟上，「要怎麼進去？」

「開門進去。」

「這門……難道沒上鎖嗎？」

「不試試看怎麼知道？」

「哎，萬一裡面有人出來怎麼辦？」

「那正好，就跟他說：『大哥您好啊，我們正在尋找兩個一高一矮的黑衣人，還有一對小姊弟的下落，請問您是否剛好知道呢？哎呀！怎麼這麼剛好，您竟然知道啊！那能否麻煩您行行好，日行一善，告訴我們吧？』」

「最好是啦！」小金沒好氣道。

「那妳還問？」小黃忍不住翻了個白眼。

「不過這門……看起來好像很重，咦？」小金只不過輕輕一推，那一扇看似堅實沉重、難以撼動的木門旋即敞開。

一股冷冽的寒氣從門縫中襲來，預告門內門外是兩個截然不同的世界。

小金大膽地走了進去。

走道上左右兩排共有八座石燈籠，由近到遠，彷彿是在配合小金的步伐，竟依序燃起藍色的焰火，照亮了整個空間。

「哇嗚！」面對眼前的異狀，小金忍不住驚嘆。

她抬頭張望，約莫三層樓高的圓穹頂上鑲滿了無數的七彩寶石，在藍色焰火的照射下，晶瑩剔透的寶石閃閃發光，宛如璀璨夜空中的滿天星斗。

「天啊！好漂亮喔！」小金忍不住發出驚嘆。

一眼望去，山洞裡是一大片平坦空地，空地的盡頭及左右兩側皆為石壁，可謂「洞徒三壁」，最奇怪的是，竟然沒見到任何出入口。

空地的正中央有一座半月形水池，水池邊正中央的位置則有一根半身高的石柱，石柱的左右兩邊各有一隻立體雕龍，柱子上還有一顆石球，應該是象徵「雙龍搶珠」。

小金正要上前查看石柱，卻被小黃一把拉住。

「等等，小心有詐。萬一有機關怎麼辦，我先測試一下。」小黃從懷裡掏出一把小石頭，如天女散花般扔向前方，石子們分別落到地面上、水池裡，也砸到前方石壁上，卻沒有出現任何異樣，山洞裡依然是一片寂靜。

「好了，安全，我們去看看吧！」

小黃走到石柱旁看了看，「我覺得這肯定是個機關。」

「哎，你看，這個球上面有個小洞耶。」小金指著球上一個正對著前方石壁的小洞說。

「對耶，不過這個洞有什麼功能呢？」

「這顆球……該不會還可以轉吧？」

「等等，妳先別碰，小心有——」

小黃的話還沒說完，小金的手卻早已放到球上。

突然間，一道金光從洞中射出，直直射向前方的石壁。小金嚇得立刻縮手，金色的光束也隨之消失。

「咦？妳再試試？」小黃示意小金將手放到球上。

小金點點頭，將手放到球上，球上的小洞再次射出方才出現過的金光。

「這應該就是開啟入口的機關，只是該如何破解……」小黃皺眉苦思。

「小黃，你看這個水池，是不是長得有點像一把長弓。」小金說。

「弓？妳是說人類射箭打獵用的工具？」

小金點頭，「你看這座池子，它的左右兩邊像翹鬍子一樣向上彎曲，中間的弧形就像是弓臂，而另一邊是一直線，就像是弓弦。」

「石柱位在弓弦中央，那麼這道金光，想必是代表箭。」

「對，應該是這樣。」

小黃看了看水池，又再抬頭仰望寶石星空，似乎在尋找什麼。

「你在看什麼？」小金跟著抬頭四處張望湊熱鬧，卻不知道究竟該看什麼。

「有了，賭一把吧！」

小黃將石柱上的球向左後方轉動，將金光射向洞頂上一顆紅色的寶石。

前方石壁上頓時出現一座綠色的光門，上面還浮現出一個大大的「犬」字甲骨文。

「開了、開了！天啊！小黃，你是怎麼辦到的？」

「我也是碰碰運氣，還記得我們在王家撿到的翡翠扳指嗎？上面刻了犬字。屈原在《九歌・東君》中寫到：『舉長矢兮射天狼』，天狼星就是犬星，想不到給我猜對了。」

「蛤？你說什麼鏟屎？」小金聽得一頭霧水。

小黃嘆氣：「是長矢，不是鏟屎！算了，說了妳也不懂，回頭我再慢慢向妳解釋，現在救人要緊，我們趕快進去吧！」

趙急與陳穩粗暴地將妹仔與阿弟扔進一間陰暗的地牢裡。

阿弟哭到臉色發紫、聲音沙啞，表情痛苦；妹仔則是尚未甦醒。

「有了這兩個弱水村的童男童女，我們總算可以向教主交差了。」陳穩鬆了一口氣。

「但距離我們的目標人數，還差六十人。」向來慢條斯理的趙急，表情終於顯得有些著急。

「再想想辦法吧，若真不行，就拿大人來湊數，兩個大人可以抵一個小人。」陳穩無奈道。

「也只能這樣了，唉，我先去準備一些吃的東西給他們。他們倆太瘦了，得先吃得白白胖胖才行。」

陳穩拍拍趙急的背，「我來幫你吧。」

兩人走上樓梯、離開地牢，前往廚房。

陳穩與趙急走遠後，阿弟立刻用力搖晃妹仔的身體，急切地呼叫：「姊姊、姊姊，快醒來！」

「呃，頭好痛……」昏迷已久的妹仔終於幽幽醒來，她吃力地抬起身子，倚靠在牆上。

眼前的光線昏暗，一切景物都在微微地搖晃，就像是地震一樣。妹仔有一點噁心想吐的感覺，聲音虛弱地問：「阿弟，這裡是哪裡？」

「姊，剛剛那兩個叔叔是壞人，把我們關進地牢了。」阿弟的眼神滿是害怕與擔憂。

「愛哭鬼。」妹仔皺眉，伸手摸摸阿弟的頭，溫柔地說：「別怕，有我在，我們趕快想想該怎麼逃出去吧！」

妹仔用力撐起身子，緩緩地站了起來，仔細觀察牢房四周。

牢房不大，面積大約是可以躺平四個阿爸的大小，高度則和阿爸一樣高。除了門以外，只有一個小小的對外窗，能透入空氣與些微光線。但是它的大小，就連瘦小的阿弟也沒辦法通過。

真的是被困住了，出不去。

面對如此困境，妹仔很是喪氣，但她立刻打消負面情緒。

不行，快想想辦法，我是姊姊啊，我一定要帶著阿弟一起逃出去才行。

阿弟蹲在角落，捧著一根竹筒喃喃自語：「龜龜對不起，我沒有幫你找到朋友，還害你跟我一起被關在這裡了，你會討厭我嗎？」

妹仔認得那根竹筒。阿弟外出的時候，偶爾會將心愛的寵物關刀龜放在竹筒裡帶出去。

「阿弟，你該不會……把龜龜帶出來了？」

阿弟點頭：「對啊！因為我怕牠一個人留在家裡，會很空虛寂寞。」

「太好了！快！快把龜龜給我。」妹仔伸手向阿弟討竹筒。

「蛤？妳要幹嘛？」阿弟反而將竹筒牢牢地抱在懷裡，一臉不情願。

「我要讓龜龜當超級英雄，解救我們。」

「英雄？」阿弟的眼睛發亮。

妹仔點頭，「我要讓龜龜出去搬救兵，讓別人知道我們被關在這裡，這樣就會有人來救我們了。」

「那妳要怎麼做？」

「我偷偷帶了外公留下來的天蠶絲，我要把它綁在龜龜身上，再讓龜龜從上面的窗戶飛出去。阿爸說過，昆蟲喜歡朝有燈火的地方飛，只要有人發現牠身上綁了線，再循線追蹤，自然而然就會找到我們。」

阿弟一臉猶豫，「可是……萬一……」

「還是你有更好的辦法？你說說看、你說說看啊？」妹仔語氣強硬。

阿弟苦著臉，搖搖頭。

「那你幫我把龜龜拿出來，要拿好喔。」

阿弟嘟著嘴，從竹筒裡抓出龜龜。

妹仔從懷裡拿出一綑有著淡淡螢光色澤的絲線，綁在龜龜的長角上，再將牠從窗戶放了出去。

隨著龜龜自由地展翅高飛，妹仔手上的線軸開始一圈、一圈不停地轉動。

第六回　即刻救援

小金與小黃走進綠色光門後，眼前卻是一片漆黑，於是小黃拿出隨身攜帶的螢火石，照亮了四周。前方是深不見底的黑暗，小黃注意到身旁的石壁表面有滲水。

「看樣子，我們是在地道裡面。」

「繼續往前走吧！」小金正要往前跨一大步，小黃卻捉住她的手臂。

「等等，小心地上有機關。」

小黃將螢火石往地面上一照，發現石磚路呈現凹凸不平的狀況，每塊石磚都有些微的高低落差。

小金盯著路面看了看，再對小黃說：「要走凸起來的地方，凹下去的磚沒有腳印的痕跡。螢火石給我，我走前面，你跟在我後面。」

兩人躡手躡腳、小心翼翼地通過這一段可能充滿陷阱的道路，不料隨之而來的又是另一項考驗。前方的石壁上有三個黑漆漆的入口，像是不知通往何處的三條密道。

「莫非這就是傳說中的地下城迷宮？」小黃說。

「迷宮裡面不是應該要有魔物嗎？但我們什麼都沒看到。」

「確實很奇怪，照理說，如果這裡是迷宮，魔物們應該會傾巢而出來攻擊我們，但怎麼會連一隻羅剎蝙蝠都沒有？」

「會不會是因為本姑娘在此，牠們就嚇得通通都躲起來了？」

「怎麼可能，如果有人隨隨便便闖進妳房間，妳不會想把他趕出去嗎？」
「你不就一天到晚偷跑進我房間？我哪次趕過你？」
「我是妳的好朋友耶，妳居然拿我跟魔物相提並論？」
「好朋友，現在前面有三條路，請問我們要選左邊、右邊還是中間？」小金問。
「不知道。」小黃搔搔頭，聳了聳肩。
「黃大秀才，原來這個世界上也有你不知道的事，你不是每次都在臭屁自己下筆如有神、讀書破萬卷嗎？」
小黃見笑轉生氣，立刻反唇相譏：「在這個節骨眼上妳還要損我？好啊，那我就來看看不讀書的人有比較厲害嗎？妳選左邊、右邊還是中間？」
「讀萬卷書還不如行萬里路啦！」小金對小黃綻放一個比陽光還燦爛的笑容，旋即變身老虎。她仔細觀察地面上的足跡，再用靈敏的嗅覺在三個洞口前面來來回回聞過兩次，最後筆直地走向正中間的入口。
眼看小金的老虎尾巴迅速隱沒在黑暗之中，小黃趕緊加快腳步跟了上去。
走著走著，約莫過了一刻鐘，前方終於出現一道光線，於是小金再度回復人形，走出洞口。腳下踏著的是一座古老的石橋，橋下則是嘩啦作響的湍急溪水；橋的另一端通往一座林子。從林中的陳設造景、五顏六色的花卉以及修剪過的樹木造型來判斷，這裡應該是一座私人園林。
「小黃，你知道這是哪裡嗎？」
小黃搖頭，「我也是第一次來。」

突然間，一道黑影撲向小金的臉。

「啊啊啊啊！什麼東西！」嚇得她雙手亂揮，還倒退三步。

「別怕，就是隻大蟲。」小黃眼明手快，伸手一把活捉蟲子。

驚魂未甫的小金湊上前，查看小黃手上的蟲，嘟嘴道：「原來是鬭刀龜啊，居然這麼大隻！你這傢伙，不乖乖待在山裡，怎麼會在這裡呢？」

「咦？妳看牠的角上，怎麼還綁著天蠶絲？」

「這絲線看起來很長，為什麼會綁在蟲的身上？」

「妳說這會不會是一種……求救訊號？」

「有可能，我們順著這條線索過去看看吧。」

小金與小黃循著絲線一路走到一座高聳石牆邊，石牆底部鑿有一個個約莫只有半個拳頭大小的透氣孔，而鬭刀龜角上的絲線連至其中一個透氣孔。

「呦呼？裡面有人嗎？」小金趴在地上，嘴巴朝著孔洞低聲詢問。

妹仔一聽到聲音，立刻站起來，伸長脖子對洞口說：「請救救我們，我們被關在地牢裡。」

「鬭刀龜是妳放出來的嗎？」小金低聲問。

「對，牠是我的寵物，牠的名字叫做龜龜。」阿弟也站起來，搶著回答。

「原來如此，你們做得很好，來，龜龜先還你。」小金將鬭刀龜放入孔洞。

妹仔抓起龜龜，收回所有絲線，再將龜龜還給阿弟。

阿弟接手後，速速將龜龜裝回竹筒，深怕失去他最心愛的寵物。

「我是小金姊姊，我和小黃哥哥會想辦法救妳們出來。小妹妹，妳可以告訴我，牢房的門板上有窗戶或是透氣孔嗎？」

「有，有一扇小窗。」

「那窗戶的大小，妳手握拳頭穿得過去嗎？」

「應該可以，但它有點高，我勾不到。」

「沒關係，妳不用穿過去，妳和弟弟只要從現在開始把眼睛閉上，然後從一數到一百，數完之後就可以出來了。」

「好。那我要開始數囉，一、二、三、四、五……」

在小金與妹仔、阿弟對話的過程中，小黃趁機探了一下石牆四周。

「欸，我剛剛在附近繞了一下，前面不遠處有一道後門，我們快走吧。」小黃說。

小金卻一把揪住小黃的領子，阻止他向前：「等等，我才是要用走的，你要用飛的。」

「為什麼？」小黃一臉不解，「好好的門在那裡我幹嘛不走？」

「你先飛進去，想辦法幫他們把牢門打開，然後我在外面製造一些混亂，掩護你們逃出來，我們裡應外合，一定能成功。」

「啥？」小黃一臉為難的樣子，但他仔細想想，小金的計謀應該可行。

「好吧，那就這麼辦。」

小黃立刻化為鳥形，飛進小小的透氣孔，再越過牢房、穿過牢房門上的小窗。

接著他又回復人形，站在門板前面彎下了腰，認真研究門鎖。

「五十、五十一、五十二、五十三……」心急的妹仔竟然越數愈快了。

「可惡，小金居然叫孩子們數數，是存心想讓我難看嗎？好在本大爺對於人類門鎖這種雕蟲小技也是略懂略懂。」小黃從懷裡掏出一大串鑰匙，再挑出其中六支，開始一支一支嘗試開啟門鎖。

「九十八、九十九……」數到六十以後，妹仔便偷偷睜開眼睛，都已經數到九十九了，門鎖竟然還沒打開，讓她既害怕又遲疑，到底該不該講出「一百」這兩個字？

突然間，「喀啦」一聲，門終於打開了！

妹仔與阿弟立刻站起來，手牽手走向門口。

小黃向兩人招手，「我是小黃哥哥，快出來！跟在我後面，小心不要發出聲音。」

他帶著妹仔與阿弟，穿過一條陰暗又漫長的廊道。

正當他們即將走上樓梯時，突然聽見一陣陣微弱的聲音從後方傳過來。

「救救我。」

「救救我們吧！」

「拜託也帶我走吧……」

稚嫩的音質，聽起來像是小男孩與小女孩的聲音。原來在這個地牢裡面，除了妹仔與阿弟以外，還關了許多孩童。

看來我不能見死不救。

小黃轉身對妹仔說：「小妹妹，妳能自己帶著弟弟沿著這座樓梯往上爬嗎？哥哥隨後跟上。」

妹仔點頭。於是小黃從懷裡掏出一只穿了繩的白玉哨，掛在她的脖子上。

「這個哨子給妳，如果遇到緊急狀況，妳就用力吹響它，讓我或小金姊姊聽到，我們會立刻趕過來救你們。」

「我知道了，謝謝哥哥。」妹仔將哨子藏到衣服裡，再牽著阿弟奮力往上爬。

小黃回頭，獨自走向漆黑陰森的長廊，援救其他孩子。

八

同一時間，人在建築物後門附近的小金則是躊躇不前。

小金望著圍牆與後門，努力思考究竟該如何混進去？

圍牆雖高，變身後翻過去應該不難，但是萬一圍牆後面有人，那就麻煩了。

身為一個女孩子家，還可以賣萌、裝可愛，想辦法隨便找藉口蒙混過去，但身為一隻老虎就難了，總不能開口說話求饒吧？這樣肯定會被當成奇珍異獸，被抓去各地廟會巡迴表演，那就糟糕了！

突然出現門閂碰撞的聲音，小金連忙躲至一旁的矮樹叢裡，只露出一雙眼睛查看前方動靜。

後門從裡面開啟，一名黑衣男子以扁擔挑著兩個木桶，搖搖晃晃地走了出來。他的眉頭糾結、臉色脹紅，像是正在用力屏住呼吸，疾速朝園林方向走去。

緊接著一股漫天惡臭撲天蓋地而來，薰得小金臉部扭曲，趕緊用力掐住自己的鼻子。

哇！這下子還真的是鏟屎！

望著男子逐漸遠離的背影，再看向那扇敞開的後門，小金謹慎地左右張望，確認四下無人後，偷偷溜了進去。

大宅內的迴廊像迷宮一樣左彎右拐。繁花盛開的園林，還有雅緻的小橋流水，但小金根本無心欣賞。她東看看、西看看，一心一意只想找出關著妹仔與阿弟的地窖入口。

前方有一名黑衣男子的身影，小金隨即側身躲在一根柱子後面。

男子兩手提著飯盒，神色匆忙地朝花園裡一道高聳的石雕牆走去，石牆上有一幅鯉魚躍龍門的浮雕。

怪了？那道牆肯定有問題。

男子將飯盒放在地上，伸手摸向牆上鯉魚突出的眼珠子一轉，接著「喀」的一聲，牆上出現一道小門，男子提起飯盒走了進去，門也隨之關閉。

看來，這就是地窖的入口，先去確認一下。

小金大膽地走向牆面，依樣畫葫蘆。

她伸手輕輕轉了一下鯉魚的眼珠，隨即「喀」的一聲，牆上出現一道小門，但只維持很短暫的時間，約莫從一數到二十之後，小門旋即消失。

這門怎麼這麼快就關上了？這樣不行。

小金再次伸手扭轉鯉魚的眼珠，不過稍微加重了一點力道。

「啪！」小門再度開啟，而且她已經數到三十了，門竟然還沒關上。

咦？手裡好像有什麼東西？

小金低頭、張開手掌一看。

鯉魚眼珠躺在她的手掌心裡，與她三目相視。

八

小黃一連打開三間牢房門鎖，救出五名孩童。

「沒事了，快出來！」

「手牽手，小心地上有坑洞，要走快一點！」

孩子們安安靜靜地跟在小黃背後，步伐輕巧快速，爬上一層又一層的階梯。

此時先走一步的妹仔與阿弟已經走到樓梯中段。兩人雖然滿身大汗、氣喘吁吁，卻絲毫不敢懈怠，低頭奮力朝向唯一的出口邁進。

「你們是怎麼出來的？」還斐驚訝地瞪大眼睛，看著眼前的妹仔與阿弟。

妹仔頓時停下腳步，她鎮定地抬頭一看，說話者是一名留著絡腮鬍、眼睛細長、鼻子瘦尖、皮膚黝黑、身材高胖的大叔。

這個人看起來好可怕，要不是他手上提了兩個飯盒，肯定會一手抓一個，把我和阿弟拎起來扔回牢房。我們好不容易才逃出來，絕對不能被抓回去，而且小黃哥哥和其他的孩子們還在後面。

不行，我要把他引出去才行。

於是妹仔鼓起勇氣望著還斐，面不改色扯了謊：「是一個高高的叔叔放我們出來的，我弟弟他生病肚子疼，需要給大夫看診，不然他會死在牢裡的，那個叔叔叫我們在門口等他，他去找大夫過來。」

妹仔悄悄地用力掐了一下阿弟的手，手痛的阿弟立刻發出驚天動地的哀號聲：「好痛啊！」

「趙急去找大夫？難怪要送飯了還不見人影，我還以為他又蹲在茅廁裡拉屎呢！不過就是肚子疼，有這麼著急嗎？這個小鬼，有力氣爬這麼長的樓梯上來，身體應該很健康吧？」

還斐一臉懷疑，上下打量躲在妹仔後面的阿弟。

「唉呦，好痛啊，痛死我啦，嗚嗚嗚嗚嗚……」阿弟突然甩開妹仔的手，接著雙手抱肚、一屁股坐在樓梯上放聲大哭，涕淚俱下。

「嘖！哭什麼哭？我最討厭小孩哭，吵死了！妳，拉他出來外面，我去找個地方讓他躺著。」

還斐一臉嫌惡，轉身朝出口方向走去。

妹仔見狀，立刻拉起阿弟緊跟在後，機靈的阿弟還不忘裝模作樣，繼續發出「嗚嗚嗚嗚」的哀號聲，以免大叔起疑心。

還斐一腳跨出地窖門口，眼前的景象卻讓他大感詫異。

「這門怎麼回事？怎麼是開著的？是燕壽忘了關嗎？哎呀，不管了，諒誰也逃不出這裡的天羅地網，還是趕快帶小鬼們去柴房吧。」

他轉頭對妹仔與阿弟說：「你們快跟著我走，不准發出任何聲音，否則我殺了你們！知道嗎？」

驚恐的妹仔與阿弟立即點頭，如小綿羊般乖巧溫順，緊緊跟在還斐後頭。

八

小黃領著孩子們順利逃出地窖，一名身形弱小的男孩才一踏上地面，便興奮得想高聲歡呼，卻被小黃一手摀住嘴巴：「噓！你別高興得太早，我們還沒脫離險境呢！」

小男孩點點頭，小黃這才鬆開手。

「奇怪，妹仔與阿弟人呢？難道被抓去別的地方了？」

小黃轉頭對五名孩子中其中一名個頭最高、看起來年紀最大的男孩問道：「小弟弟，你叫什麼名字？」

「我叫小牛，不過我娘都叫我牛牛。」

「小牛，聽著，」小黃指向前方：「你帶著弟弟妹妹們往那個方向走，記得沿路都要用花草樹木、牆面樑柱作掩護，小心不要被發現。走到底的時候，你會看到一道黑色的門，你們就先躲在旁邊的樹叢裡稍等一下。等等我或是有一位長得很漂亮、金色頭髮的小金姊姊會過來開門，帶你們出去。還有，這個哨子給你，如果遇到危險，你就用力吹響它，我會立刻趕來救你們。」小黃從懷裡掏出一只翠玉哨，掛在小牛的脖子上面。

「我知道了哥哥，我會照顧好弟弟、妹妹們。」小牛的態度沉穩，轉身帶領孩子們離去。

望著他們逐漸走遠的背影，小黃再度化為鳥身、飛上天際，尋找妹仔與阿弟的蹤影。

小金潛入一間廂房，換上一套黑衣之後走了出來。

她從懷裡掏出一根竹管，在房間的門框及窗框上面都灑上一道黑色粉末，再用打火石點燃一根火寸條、丟向窗門。

旋即「唰」的一聲，紙糊的木造窗門燃起熊熊大火。

接著她迅速走向對角的另一間廂房，重複同樣的動作。然後又走向另一個方位。

只見黑煙裊裊上升，火燒木頭發出「嗶剝嗶剝」的聲音。小金扯開嗓子，用焦急的語氣大喊：「失火啦，來人啊，快來救火啊！」

另外一頭，還斐帶著妹仔與阿弟才剛剛踏進柴房、隨手放下飯盒，便聽到有人大喊失火，隨之而來便是一股濃濃的煙硝味，他直覺事態嚴重。

「你們兩個，給我乖乖待在這裡，不准作怪，我去看一下發生什麼事，馬上回來。」還斐關上柴房的門，還上了鎖。

阿弟拉拉妹仔的衣角，眼角泛淚道：「姊姊，怎麼辦？我們怎麼又被關起來了。」

「別怕，現在外面肯定是一團亂，暫時不會有人有空管我們，我們先想辦法從這裡逃出去。」

妹仔走向牆上透氣用的小窗，再掏出藏在衣襟裡的白玉哨，用力吹了一下。奇怪的是，不管妹仔如何用力，哨子卻是靜悄悄的，一點聲音也沒有。

「這個哨子怎麼沒有聲音？是壞掉了嗎？」

妹仔以吃奶的力氣拼命狂吹，吹得她臉色脹紅、頸露青筋，偏偏哨子依然一聲不響。

「嗶、嗶嗶、嗶嗶嗶、嗶、嗶、嗶嗶嗶嗶、嗶嗶、嗶……」

一連串毫無節奏感而且忽大忽小的哨音，如魔音傳腦般竄入小黃耳裡，他立即鎖定聲音來源、振翅飛去。

糟糕，我忘記告訴妹仔，這個哨子只需要輕輕吹一次就好，人類聽不到它發出來的聲音。

唉呦我的媽呀！她怎麼一直拚命亂吹？

小黃降落在柴房門口並且變回人形，哨音仍然「嗶嗶嗶嗶……」吵得他頭疼。

他拍拍門，低聲道：「我來啦，妹仔，好了，休息一下。阿弟，快阻止你姊姊，讓她別再吹了！」

「姊姊，小黃哥哥來救我們了！」

阿弟一把抓下妹仔手中的哨子，妹仔才終於罷休。

不料遠方傳來另一串更高頻、更無節奏感的哨音：「嗶、嗶嗶嗶、嗶、嗶嗶、嗶、嗶、嗶嗶嗶嗶、嗶嗶嗶、嗶嗶……」

糟了，是小牛他們在呼救。

小黃迅速從袖裡掏出一串鑰匙，試了兩次，成功打開柴房的門。

「快！我們快走，大家都在等我們。」小黃抱起阿弟，再牽著妹仔，一起朝後門方向拔腿狂奔。

「孩子們，別再吹了，快上車！我來開門帶你們逃出去！」

小金對躲在樹叢裡的孩子們大喊。她推來一輛上面堆滿稻草的推車，要孩子們躲進稻草堆裡。

「是金色頭髮的漂亮姊姊，我們快走！」

在小牛的命令下，大夥兒紛紛跳上車、鑽入稻草堆。

正當小金打開後門時，小黃三人正好氣喘吁吁地趕到。

「快！你們兩個快上車，小黃我們一起推車！」

小黃一把將阿弟與妹仔抱上車，再與小金一人一邊、用力推著把手，將車子速速推出門口，然後揚長而去。

八

將孩子們一一送回家後，小金與小黃悄悄地回到小金的房間。

幸好阿嬤在房間裡打盹，絲毫沒發現小金偷偷溜了出去。

歷經這一場驚心動魄的救援任務後，兩人感到萬分疲憊。小金一進房便像爛泥一樣，二話不說癱倒在自己的床上。

小黃則坐在椅子上，拿起桌上的茶壺與茶杯，一次斟滿三杯茶接續喝光，發出「啊」的一聲。

「我真是半條命都快沒了耶！尤其是兩段魔音傳腦，嗶嗶嗶嗶得我耳朵都要聾了！」

小金側身望著小黃，突然沒頭沒腦地說：「我看到了。」

小黃將額前零落的碎髮往後撥了一下，耍寶地說：「妳看到什麼？像我一樣的帥哥嗎？」

不料小金卻是神情嚴肅，幽幽回應：「是真相，血腥又殘酷的真相。」

原來，當小金在大宅裡四處探尋時，嗅覺靈敏的她聞到了一絲血腥味，便循著氣味傳來的方向走去。

走著走著，地上竟然出現點點血跡。於是她順著血跡的方向前進，來到一間位於陰暗的角落、由內而外散發出一股不祥氣息的房間。

眼看四下無人，她便輕輕地推開房門，悄悄地走進去，再迅速關上房門。

沒想到她一轉過身，眼前的畫面嚇得她雙眼瞪大，竟忘了呼吸。

數十隻鮮血淋漓的人手、人腿穿上鐵勾子，用繩索懸吊於樑上，還有五顆爆眼吐舌的人頭在空中來回搖晃，彷彿是在訴說自己的死不瞑目、滿腔冤屈。

面對宛如地獄般恐怖的情景，小金用力摀住嘴巴，抑制想尖叫的衝動。

接著她發現，在這座「人肉森林」後面，一道血跡斑斑的牆面上，竟然畫了一個令她印象深刻的圖案，正是她在山洞裡看過的「犬」字甲骨文！

小黃一臉呆滯望著小金，還張大了嘴。

人肉森林？用想的都覺得頭皮發麻。

「除了犬字甲骨文之外，我還發現了這個。」

小金起身，從腰帶裡掏出一條對折四次的白色巾帕，在手心上攤開。

小黃坐到小金身邊，定睛一看，手帕上有一大搓黑色短毛。

此毛與一般毛髮很不相同，在無任何強烈光線的照射下，竟然隱隱約約地透出青色光芒。

「幽冥光？這不是長期以人類氣血修練的精怪才有的邪光嗎？難不成，這幫人正是消失已久的——」

小金點頭，「沒錯，他們肯定是傳說中惡名昭彰、嗜血殘暴的黑狗黨。」

黑狗黨是一個從上古時代以來就存在的神祕邪惡組織，成員均為修練成精的黑狗。牠們以殺人為樂，所到之處，必然掀起一場腥風血雨。

牠們的修練方式為定期吸取生人氣血，藉此延長壽命、增強法力。

黑狗黨的首腦自稱犬王，在十多年前突然失蹤，連他身旁的親信也同樣下落不明，沒有人知道他們為何消失，也沒有人知道他們到底去了哪裡。

黑狗黨忽然銷聲匿跡，也因此漸漸被世人遺忘。

小黃拍拍小金的肩膀，安撫道：「妳放心，這件事交給我，我會好好調查清楚，解開謎團。」

「冤有頭，債有主。如果黑狗黨就是陷害虎族的幕後黑手，我一定要讓牠們悔不當初！」小金咬牙切齒道。

光明教的密室裡，桌上擺著形形色色的奇珍異寶，但光明教主的心情卻極度惡劣，無心把玩。

「廢物！這群飯桶！你們跟了我這麼多年，居然連幾個小孩子都看管不住？還讓人混進來、燒了房子？信不信我把你們通通打回原形，再煮成香肉火鍋？」

教主大掌一揮，原本站在他面前的陳穩、趙急、還斐與燕壽竟然瞬間飛向空中，再重重落地，摔得他們鼻青臉腫、頭破血流。

「教主饒命、教主饒命啊！」四人硬生生地爬起來，跪在地上，拚命磕頭求饒。

「你們好大的狗膽！竟敢耽誤教主修練永生大法？看我怎麼處罰你們。」

站在一旁的大智慧光明尊者舉起手，再朝四人輕輕一點，他們隨即現出原形，變成四隻雙眼發紅、體型高大的黑狗。接著牠們就像著了魔似的，瘋狂追咬著彼此的尾巴，繞起圈子，而且速度變得越來越快，最後成為一圈急速旋轉的黑影。

大智慧光明尊者拱手道：「啟稟教主，屬下督導不周，還請教主責罰。」

「罰什麼？你何錯之有？蠢的是這四隻笨狗。早知道我當年就不要心軟，把牠們從獵戶那裡帶走。就該讓牠們繼續當人類的打手，鎮日在山裡追捕獵物到老，最後再被主人一家宰來吃！」

「謝教主不罰之恩。稟教主，目前距離天赦日的時間還算充裕，懇請教主大發慈悲，念在他們四人服侍教主多年，吃苦耐勞、忠心不二的分上，給他們一次機會戴罪立功吧？這次屬下必定親自監督所有行動，保證在天赦日之前為您找齊所有共修者。」

教主搖搖頭，「這樣不夠，難消我心頭之恨。」他拿起桌上一面鑲滿紅藍寶石的金色圓鏡，擲向大智慧光明尊者。

尊者接下鏡子，低頭一看，鏡裡出現小金擅闖禁區，目睹人肉森林的畫面。

「不自量力的小東西，竟敢三番兩次和我作對？我不管你用什麼方法，把她帶到我面前，我要親自教訓她。」

教主陰森兇殘的眼神令人不寒而慄。

大智慧光明尊者跪地答覆：「屬下遵命！」

在行義村看診的卓清揚牽起一雙滿是皺紋的手，溫柔道：「阿嬤，剛剛聽您孫兒說，上次開給您的藥，您只喝了一口就不喝了？這樣病怎麼會好呢？」

阿嬤的眼神炙熱，露出少女般的嬌羞，搖頭笑道：「唉呦，卓大夫，那個藥太苦啦，我不喜歡。而且我要是病好了，豈不就……」

卓清揚露出燦爛笑容，在她耳邊撒嬌道：「阿嬤，俗話說『良藥苦口』，這治病的藥，多半都很苦，您要忍著點。您要是想我，就派人傳個話，我隨時都可以去您家看您。但您要是再拖著這個病，時間一長，萬一落下病根，可能連我都束手無策，那您豈不是永遠看不到我了？」卓清揚眼泛淚光，表情憂傷。

阿嬤內心一震，紅著臉小聲回應：「我都聽你的啦，照你說的做。」

「好喔，一言為定。」

卓清揚從隨身藥箱裡拿出幾塊用油紙包裹的小圓餅，放在阿嬤的手裡，「阿嬤，這是我家孩子做的蜂蜜仙楂餅，給您配藥吃，這次您一定要三餐飯後按時服藥，別再讓家人擔心好嗎？」

阿嬤勉為其難點點頭，「知道了，我會吃藥，但你答應我的事情，也要說到做到。」

「一定，您快回去休息吧！阿偉，帶阿嬤回家吧！」卓清揚轉頭對坐在一旁的少年說。

少年起身上前攙扶阿嬤離開，村長陳峰立刻走了進來。

「卓大夫，您看完診了嗎？」

「村長可真會抓時間，我才剛剛看完最後一個病人呢。」卓清揚笑道。

「我有要事要找您商量。」

陳峰拉開椅子，一屁股坐下，激動地講起老王的小孫女在家裡被老虎咬死的慘狀，以及村民們群情激憤，差點要立刻上山找老虎拚命的事。

卓清揚眉頭深鎖，沉吟片刻後，方才開口：「村長，我們自己人，我就有話直說了。」

「說吧，我就是想聽聽您的意見才過來的。」

「我覺得事有蹊蹺。這麼說吧，我和師父常年在蓬萊山上走動，我們為了採藥，常常走到迷霧森林的最深處，卻從來沒見過山上有老虎出沒，地面上連一個老虎腳印都沒有。雖然『虎姑婆』的傳說在地方上流傳已久，大家都知道夜裡會有老虎精假扮成老太婆的模樣，登門拜訪留守家中的孩子，然後吃掉他們。但是這個故事的起源，應該是很久很久以前的爸媽們，為了哄小孩早點上床睡覺，才信口雌黃、編造故事，這種沒憑沒據、沒有考究過的事情，大家怎麼能隨隨便便就信以為真呢？」

「卓大夫，這您有所不知，我有派人到鄰近的村子裡調查，各村都有小孩死亡或失蹤的案件。」

「但有目擊者嗎？可曾有人親眼目睹老虎出沒，親眼看到老虎吃人？」

陳峰搖頭。

「罪疑惟輕，功疑惟重。與其殺不辜，寧失不經[4]。」

陳峰不解。

「這也有可能是故布疑陣的栽贓嫁禍。我聽說在沿海一帶，販童集團猖獗，有沒有可能是這些不法分子誘拐孩童，卻又想擺脫官府追查，才故意偽裝成老虎吃人？」

「可是在那些死亡或失蹤的孩子們家裡，四處都有血跡和虎爪印，我在老王家裡也親眼看到了。昨天也有村民說在山上見到了老虎。」

「是嗎？如今流言四起、人心惶惶，恐怕是山貓上樹，也被當成猛虎出閘。」

「唉。」陳峰嘆氣道：「其實，我還有個不得已的苦衷。」

「願聞其詳。」

「下個月我家老大的媳婦就要生產了，老二現在也有喜歡的姑娘，整天吵著要我上門提親，偏偏這兩年農作歉收，我根本沒錢給他娶妻，只怕他知道以後，肯定會埋怨我這個爸爸。最近我聽說，總兵張武的愛子張洋怪病纏身、久治不癒，於是張總兵重金懸賞各種珍貴藥材，其中一樣藥材就是虎骨。所以我想，這或許是老天爺要助我度過難關，要我效法武松打虎。」

陳峰從腰間取出一張摺疊過的紙，在桌上攤開，「您看，這是昨天晚上，我和幾個弟兄們一起討論出來的『獵虎計畫』，想請您幫我看看是否可行？」

卓清揚看得直搖頭，「以童子作餌，這……實在是太危險了，萬萬不可、萬萬不可啊！治病必須對症下藥，若是病急亂投醫、亂吃藥，後果不堪設想。何況虎骨也有替代用藥，它的療效比虎骨還要好。我們人的命是命，難道動物的命就不是命嗎？殘殺一隻無辜的動物，您難道不會良心不安？還請您務必三思啊，村長。」

陳峰一時語塞，嘆了一口氣。

卓清揚拿起桌上的獵虎計畫書，摺好交到陳峰手上，語重心長道：「再說了，山上不只有老虎，還有山豬和黑熊，以及傳說中的野人與精怪。大家要是貿然上山，可能會造成更多傷亡，我認為這件事情必須從長計議才行，不能冒進。」

「唉，您說得有道理，確實有風險。好吧，那我再想想吧！」

「天色已晚，我也該回弱水村了，我去收拾收拾，就不送了。」

卓清揚拱手，轉身走向後方臥室，收拾行囊。

陳峰握著獵虎計畫，不自覺地越握越緊。接著他從腰間掏出另外一張摺疊過的紙，連同手上的獵虎計畫，一起放進卓清揚的隨身藥箱。

---

4 《尚書・大禹謨》；蘇軾，《刑賞忠厚之至論》。

第七回　湖濱奇遇

未時剛過，卓清揚便揹起竹簍，動身前往蓬萊山，趕赴小金的幻湖之約。他的心中充滿期待，臉上掛著一抹笑意。

「這麼早就到啦？」

一個清脆明亮的女聲從後方傳來，卓清揚轉身一看，是小金。

她的曲眉豐頰、雙瞳剪水、朱唇皓齒、笑臉盈盈的模樣，看得卓清揚耳根一熱，羞赧道：「剛好沒什麼事，就早點出來了，豈能讓小姐等我。」

「不是說好了嘛，叫我小金就可以了，小、金。」

「是，小金……小姐。抱歉，小金小姐對在下有救命之恩，於情於理，在下都不應該直呼您的名諱，還望小金小姐見諒。」

「好啦、好啦，隨便啦，你愛怎麼叫就怎麼叫，那我要怎麼稱呼你，你應該也沒意見吧？」

「在下絕無意見，任憑小金小姐使喚。」

「好啊，那我要叫你『呆、子』。」

小金笑得樂不可支，步伐輕快地朝前方走去。

「嗯？呆子，呆子？」卓清揚一頭霧水站在原地，搔頭思索。

呆？她說的是那個呆子嗎？人呆作保的呆？

小金回頭大喊：「快跟上啊呆子，晚了就進不去啦！」

「是！」卓清揚大步上前，與小金並肩同行。

蓬萊瀑布從巨岩中飛流而下，氣勢恢弘、聲如奔雷，宛如巨龍噴煙吐霧。水氣與雲霧，交織而成一片伸手不見五指的簾幕。

卓清揚站在深不見底的山崖邊，看不見前方的道路，也看不清楚回頭路。不過奇怪的是，小金整個人卻像是會發光一樣，異常清晰。

「怕嗎？你該不會懼高吧？」

卓清揚搖頭，「不怕。」

「那好，手給我。」小金伸出右手。

卓清揚點頭，伸手握住她的手。

「如果會怕，可以閉上眼睛。」

「男子漢大丈夫，說一不二。」

「好，那我們走吧！」

「走？前面是斷崖瀑布，怎麼走？」

小金笑道：「你信不信我？」

「信。」卓清揚點頭。

「那就走吧！別扭扭捏捏的。」

小金牽起卓清揚，大步大步向前走。

一開始，卓清揚緊張得閉上雙眼，走了幾步後，他才終於鼓起勇氣睜開眼睛，再向下看，發現自己竟然是懸空走在半天上。

兩人看似飄浮在空中，左右兩旁還有雲霧相伴，不過腳下的感覺卻像是走在地面上一樣平穩踏實。

望著下方流水滾滾，卓清揚不禁呀然：「這到底是怎麼一回事？」

「我也不知道耶，這要問我阿嬤，可能是施了某一種，嗯……不想讓人隨意進出的法術。哎，快走吧！」小金拉著他，迅速加快腳步。

穿過一片雲霧縹緲之後，前方出現一棵棵綠樹還有草地，景色與蓬萊山頗為相似。

卓清揚注意到自己的雙腳從空中飄浮變回腳踏實地，不禁讚嘆：「這真是太神奇了。」

小金噗嗤一笑，「傻瓜，神奇的還在後頭呢！」

他們快速穿過高聳參天、清風肅穆的神木聚落，迎來一片翠綠草地，一股新鮮的草本芳香撲鼻而來。

「這……」卓清揚鬆開小金的手，驚訝地獨自向前走去。

「竟然是虎耳草、金午時花，還有姑婆芋，這個是金荔枝、金狗毛，還有七寸金。」

小金低頭仔細端詳：「蛤？原來金絲荷葉叫做虎耳草啊？到底哪裡像了？」

「它也叫做獅子耳、貓耳草、豬耳草或是耳朵草。」

「哼！貓耳還差不多，本姑娘今天晚餐就把你裹粉炸來吃！」

「小金小姐，這裡為什麼會有這麼多藥草啊？」
「很多嗎？那你再看看那邊，還有那邊。」
卓清揚順著小金手指的方向看去，左前方有一處奼紫嫣紅，右前方則是一片杏白橙黃。
他興奮地朝左前方走去，就像是見到了許久不見的老朋友般，向它們一一打招呼：「紅絲線、紅水茄、鳥仔花、雞冠花、圓仔花、鳳仙花、長春花、紅花鐵莧、紅花曇花。」
接著他奔向右方：「凌霄花、虎子花、藥虎花、金耳鉤、曼桃花、小金英、金花藤、金花菊、大理花、黃槿，還有絲瓜和苦瓜。天啊！小金小姐，這裡竟然有這麼多能治病的藥草，簡直是人間仙境！」
「我長這麼大，還是第一次見到有人看到藥草這麼開心的。更美的還在後頭呢，我們快走吧！」
小金拉著卓清揚大步前進，兩人終於來到一望無際的幻湖邊。
此時夕陽似錦、雲彩斑爛，湖面是紅澄澄的波光粼粼，如寶石般閃耀。
一陣微風吹來，空氣中飄散著一股前所未聞的淡淡清香，令人身心舒暢。
清澈見底的湖水中，有卓清揚從未見過的五彩魚群，悠游其中。
綠油油的湖岸邊，有兩隻低頭飲水的巨獸，牠的頭如龍，還有一隻角，身型如鹿、四肢如馬，卻有一條牛尾，背上有五彩毛紋，腹毛則是金黃色的。
另一隻巨獸頭上有兩隻犄角，外型似鹿，但身上的毛紋卻有九種顏色。
「莫非這就是傳說中的仁獸與聖獸？」
「沒錯，牠們就是麒麟與九色鹿。」

「天啊！真是太不可思議了！」
「很美吧？就跟你說好戲在後頭。」
「小金小姐，請問幻湖草長在何處？」
果然是個呆子，連這麼美麗的景色也不懂得多欣賞一下。
小金嘟著嘴，朝湖邊一指，「那邊，湖旁邊那些一叢一叢的，長得有點像韭菜的，就是幻湖草。顏色越綠，效果越好。」
「不過……」卓清揚表情猶豫，「像幻湖草這麼珍貴的藥草，我能隨意摘取嗎？是不是應該得到哪一位大人的允許？」
「放心，這整座山都歸我阿嬤管，這種草長得很快，可割可棄，要多少儘管拿，不要整顆連根拔起就好，只是現在……」
小金看著天色，表情有所顧忌，「你必須在太陽沉到湖面之前完成，動作一定要快！」
「謝謝小金小姐，我盡快。」
卓清揚立刻捲起袖子，快速走向湖邊草叢，再從懷裡拿出一把小刀，割下一把色澤深綠的幻湖草，再放進背上的竹簍。
「欸，你小心點，湖邊土壤鬆軟溼滑，小心不要失足跌進湖裡，不然我還要去救你。」
「知道了，謝謝小金小姐關心。」卓清揚笑著揮揮手，旋即又埋首割草。
小金坐在湖邊的大石頭上，欣賞良辰美景，還有那一邊傻笑、一邊割草的卓清揚。
「真像個傻瓜。」小金笑得很是甜蜜。

過了一會兒，卓清揚提著兩大捆用麻繩綁好的幻湖草，朝小金走來。

「你還真是充分善用時間，現在太陽馬上就要碰到湖面，我們已經來不及走了。你先坐下來休息一下吧。」小金拍拍身邊的大石，示意他坐下。

「為什麼會來不及？我們要被困在這裡了嗎？」

「那倒不是。只是有人要回家睡覺了，你得等到牠上床睡覺之後才能離開，否則小命不保。」小金說得神祕。

「什麼人這麼不講理？居然要我的命？」

「人？不是人啊！」

「啊？」卓清揚眼神疑惑。

「唉呦，等一下你就知道了。哎！快把這個塞到你的耳朵裡，塞得越緊越好。等一下不管你看到什麼，或聽到什麼，千萬不可以發出聲音，也不能亂動，絕對不能讓牠發現你的存在，知道嗎？」小金從袖裡拿出兩粒蜜蠟丸，放在卓清揚手裡。

「知道了！」卓清揚立刻將蠟丸塞入耳中。

「喂！你聽得見我說什麼嗎？」小金比手畫腳對卓清揚說。

「什麼？」

「我說，你是個呆子，不解風情的呆子。」小金高聲道。

卓清揚搖頭，大聲回應：「什麼？我聽不見！」

小金笑著點頭，對他豎起大拇指。

遠方傳來一陣烏鴉啼叫，小金立刻用手肘頂了一下卓清揚的手臂，自己也調整坐姿，變得正襟危坐。

卓清揚注意到東方的天空中突然出現一道金光，如流星般劃破天際，直奔湖面而來。

那個遠看像是一團金色火球的物體，隨著距離變得越來越近，牠的形體輪廓也益發清晰。竟然是一隻有著尖嘴、雙眼、雙爪、雙翅、全身布滿五色羽毛的巨鳥。尤其是牠的嘴巴，不停地一開一闔，好像是在唱歌。

婉轉悅耳的歌聲迴盪在空氣中，美妙得就是有一萬隻黃鶯出谷與之較勁，都嫌遜色。

不過耳道裡塞了蠟球的卓清揚什麼都聽不見，他只看到遠方突然出現許多黑點，接著變成一隻又一隻的鳥。牠們不僅種類繁多，數量更是驚人，密密麻麻的，目測約有上千隻。

鳥兒們飛在空中、或站在樹上、或立於湖邊，占據了整個幻湖及其周邊，獨留湖面正中央一方巨鳥盤旋的空間，如雷池般不敢跨越。

如此奇幻異象，卓清揚看得目瞪口呆。

小金卻是一派輕鬆，眼神則像是在嘲笑卓清揚少見多怪。

這麼多的鳥兒停在湖邊，莫非牠們都是來聆聽這隻巨鳥唱歌嗎？牠的歌聲想必非常美妙，好想聽聽看啊！

剎那間，卓清揚彷彿聽到一絲絲非常微弱、斷斷續續的鳥叫聲，好奇心促使他集中精神，努力聆聽，想不到這股聲音竟然也漸漸變得清晰。

但奇怪的是，這隻巨鳥的叫聲，與其說是鳥叫聲，怎麼聽起來更像是一名女子滿懷情意的吟唱，就像是對情郎唱的情歌？

聽著聽著，卓清揚的身體裡漸漸浮現一股躁動，彷彿有一道熱流在他的血管中疾速流竄，令他手心冒汗、雙頰通紅、眼神迷濛、耳根發燙。

看到他噙著口水、眼神直定定地望著巨鳥，一副蠢蠢欲動的模樣，小金這才發現，卓清揚就快要喪失自制能力了。

這個笨蛋！

小金立刻伸手摀住卓清揚的雙耳，試圖阻擋竄入他耳中的聲音，他卻情緒激動地奮然起身。逼得小金只好先鬆手，將他撲倒在地，用自己的上臂緊緊壓住他的雙臂，再以雙掌用力蓋住他的耳朵。

兩人鼻尖相觸，卓清揚的鼻息炙熱、身體發燙，猶如一壺即將沸騰的滾水。

他試圖掙脫小金的壓制，四肢卻動彈不得，全身上下唯一能反抗的地方只剩下嘴巴。

就在他即將說出「放開我」的「放」字時，小金在情急之下，只好以雙唇封住他的嘴。

大笨蛋！你要是被發現，會被吃掉的！

卓清揚感覺自己被一股香甜的氣息團團包圍，那柔軟溫潤的觸感，還有從內心深處如泉水般不停湧出的安全感，讓他放棄了抵抗、欣慰地闔上眼睛。

此時此刻，他的全身鬆軟滾燙，猶如火山熔岩般，融化在夢幻仙境裡的溫柔鄉。

良久，一切歸於寂靜。

巨鳥消失於無形，看熱鬧的鳥兒們也就地解散，只剩下風吹過樹梢，葉子沙沙作響的聲音，還有卓清揚如戰鼓般狂跳不已的心跳聲。

我、小金小姐、接吻？

回復意識的卓清揚瞪大雙眼，腦子一片空白。對於自己為什麼會陷入這樣的狀態一無所知。

我怎麼會被小金小姐壓制在地上一動也不能動，而且還唇瓣相接？

這實在是，幸福得太不像話了！

我記得……忽然聽見鳥叫的聲音，然後……糟了，完全想不起來。

卓清揚皺眉，既快樂又絕望地閉上雙眼。

我這麼失禮，一定被小金小姐討厭了吧？

小金起身，臉頰紅通通地像顆蟠桃，害羞地低著頭。

卓清揚從地上彈起，連忙下跪道歉：「小金小姐對不起，是我失態，得罪小姐，我……我罪該萬死，請小姐嚴加懲處。」

小金搖手道：「不不不，當時情況緊急、情非得已，請你不要介意。」

「男女授受不親，小金小姐冰清玉潔，在下不敢玷汙，不敢敗壞小姐名節。人貴自知，小人雖有一技之長，但出身卑微、家徒四壁，髮妻早逝，徒留一雙兒女嗷嗷待哺。小人對小姐，縱有仰慕之情，但也絕不敢高攀。方才一時糊塗，釀成大錯，還望小姐恕罪。」

「你講話可不可以不要這麼文謅謅？我們之間，講話可不可以輕鬆一點、簡單一點？」

「悉聽尊便，嗯……都聽您的。」

「剛才呢，你是因為聽到婆娑鳥的歌聲，被牠迷惑而喪失心智，你根本不知道你自己在幹嘛，這一點我非常清楚。至於我呢，呃……我剛剛做的事情呢，是為了避免你發出聲音驚動到牠，就是江湖救急的權宜之策。如果你很在意的話，不如我們就當作這件事情從來沒有發生過，忘了它，如何？」

「是，小姐這麼做一定有您的道理，幸虧小姐及時阻止我，才沒鑄下大錯。」

小金點頭，「沒錯，相信我就對了。我有一個問題想問你，你一定要據實回答。」

「小姐請問，在下必定知無不言、言無不盡。嗯……我是說，我一定會詳細回答。」

小金鬆了一口氣，終於逮到機會解惑：「我想知道靜姝是誰？」

一聽到這個名字，卓清揚俊朗的臉龐就像蒙上了一層灰，表情變得陰暗抑鬱。

「小人斗膽，請問您是如何得知這個名字，又為什麼想問？」

「就是我救你的那次，你昏迷的時候，嘴上一直喊著靜姝、靜姝，還把我當成是靜姝，說了一些奇怪的話……」

卓清揚一臉懊惱，「原來如此，難怪，唉！」

「難怪什麼？」

「難怪您叫我呆子，我真是太失態了。在您面前，我怎麼老是犯錯，真是太丟臉了。」

小金搖手，「哎呀，那也不怪你，你昏迷了嘛，恍惚之間把我認成別人，這也沒什麼，認錯人不是常有的事情嗎？」

「請問當時我除了說奇怪的話之外，還有做出什麼奇怪的行為嗎？」

「嗯……緊緊抓著我的手而且死活都不肯放手，這樣算是奇怪的行為嗎？」

「算！當然算！我真是太過分了，懇請小姐原諒。」

「唉呦沒關係啦！你只要告訴我『靜姝』是誰就可以了。」

「謝謝小姐。小人對您不敢有任何欺瞞。靜姝是我亡妻的名字，她得了不治之症，在幾年前……不幸過世了。」

「死了？怎麼死的？你不是大夫嗎？怎麼沒救活她？」

「是啊，我是大夫，卻沒能救活她。所以這麼多年來，我翻山越嶺、四處義診，就是為了贖罪。唉，真是說來慚愧。」

卓清揚頓了頓，開始訴說那一段傷心的過去。

靜姝從小身體不好，接連生了妹仔與阿弟之後更讓她元氣大傷，需要長期臥床休養。偏偏個性逞強的她，堅持親自照顧孩子，讓她費盡精力，因此她的身體也變得越來越差。當時的我，對她，還有對孩子們，都疏於照顧。我為了養家餬口、為了想賺更多錢，讓靜姝及孩子們過上好生活，也想讓村子裡的人對我刮目相看，我接受縣令大人的招聘，專職照料他年邁的母親，並且長住於大人府上，只有過年過節才回家團聚。

靜姝不想我擔心，便隱瞞了自己的身體狀況，自己開藥調理。

儘管她想方設法暫時延緩了病症，卻始終沒能根治，最終病入膏肓。

後來，她已經虛弱到只能臥床，卻不准鄰居和孩子們通知我，我們每次通信，她都要我以工作為重，絕口不提自己的病情。

一日，縣令大人的母親在元宵節時外出賞燈，不慎感染風疾，頭痛畏寒、高燒不退，試過各種藥方都沒效，最後陷入昏迷。於是縣令大人非常生氣，威脅我要是治不好他母親，就要摘下我的項上人頭。

「哪來的狗官這麼蠻橫不講理啊？真可惡！」小金忍不住插話。

卓清揚搖搖頭，「縣令大人是出了名的孝子，我一點都不怪他。」

「好吧，你繼續說。」

眼看縣令大人的母親快要一命嗚呼，我只好拿出師父留下的一株乾燥的回天草，將它磨成藥粉，讓縣令大人的母親服下。

翌日，就像是天降神蹟，縣令大人的母親不僅能下床走動，診脈後也一切正常，而且氣色紅潤、中氣十足，完全不像是一個臥床多日的病人。

縣令大人非常開心，送我一塊「華佗再世」的匾額，還賞賜我許多銀兩、布匹與乾貨，更恩准我回家三日，命人牽了一匹快馬給我，讓我能帶著禮物早點回到家。

我滿心歡喜，一路快馬加鞭趕回家，本以為迎接我的會是妻子與孩子們的又驚又喜，卻萬萬沒想到，一進家門就聽到房間裡傳來陣陣哭聲。

我的一雙兒女、還有平日幫忙照顧孩子們的兩位鄰居——阿芳姐與梅姨，她們四個人圍在床鋪旁邊，不停地掉眼淚。

阿芳姐一見到我，就激動地抓住我的肩膀，邊哭邊說：「清揚，你可回來了，你快救救靜姝吧！她就快要不行了！」

阿芳姐與梅姨把兩個哭得聲嘶力竭的孩子帶開，讓我和靜姝見上最後一面。

躺在床上的靜姝，血色全無、面容憔悴、更瘦得不成人形，與我記憶中神采奕奕的模樣截然不同。

我心痛地握起她的手，問她：「怎麼會這樣，妳不是一直好好的嗎？從什麼時候開始病得這麼嚴重？怎麼不派人告訴我？我可是妳丈夫啊！」

想不到她竟然勉強自己擠出一絲微笑，安慰我：「丈夫志四海，無乃兒女仁[5]。」

「不！妳等等，我能救妳，我有師父留下來的回天草！」

說完這句話我才驚覺，回天草早已用完，用在縣令大人的母親身上了。

我竟然將自己妻子的救命藥用在別人身上。

我救不了靜姝，我救不了她！

卓清揚難過地流下兩行熱淚，哽咽得無法言語，索性閉上眼睛，任憑淚水如瀑布般直瀉。

「世事難料、生死有命，這不是你的錯。」

「不，都是我的錯！若不是我貪圖虛名錢財，選擇到縣令大人家工作，而是留在家鄉，陪在妻兒的身邊，當個默默無名的平凡大夫，也許靜姝她、她到現在還活著！她會在我身邊長相廝守，我們一起養育兒女，看著他們長大成人、結婚生子，再一起含飴弄孫，最後隱居山林，過著不問世事、閒雲野鶴的生活。這也是靜姝的心願，可是我，我不僅沒有幫她實現如此平凡的願望，還親手毀了讓她活下去的機會……」

卓清揚心中深藏已久的罪惡感爆發，他別過身子、背對著小金，痛哭失聲。

小金拍拍他的背，柔聲道：「對不起，我不知道原來你有這麼一段悲傷的過去，是我不好，不該逼你回答的。害你哭得這麼傷心，對不起，對不起。」

卓清揚轉身一把抱住小金，在她溫暖的懷抱中，像孩子一樣嚎啕大哭。

小金陪著雙眼泛紅的卓清揚，一路走到蓬萊山的山腳下。

「今天謝謝妳，讓妳看笑話了。」卓清揚一臉難為情。

小金笑了笑，突然前進一大步，鼻尖幾乎快碰上他的唇。

撲通、撲通、撲通。

卓清揚聽見自己的心跳好大聲。

小金也聽到了，她輕撫心口、急忙後退一步，大聲道：「我們後會有期，再見！」旋即轉身離開。

「等等！」

小金停下腳步，轉身看著卓青揚，一臉疑惑。

「小金小姐，若妳不嫌棄，我想邀請妳來寒舍作客，由我親自下廚煮一桌家常菜，好好答謝妳。」

「好啊！我最喜歡吃飯了，還有肉，還有糕餅點心！」

「那麼後天午時，在下恭迎小金小姐大駕光臨。」卓清揚拱手道。

「沒問題，那你記得要煮很多很多菜。我先聲明，我的食量很大，要是沒吃飽的話，我會生氣喔！」小金舉起雙手、十指微勾如爪，如虎一般張嘴嘶吼，逗笑了卓清揚。

「後天見！我走囉！」小金笑著揮手。

「小金小姐慢走，後天見！」望著小金的背影，卓清揚心中充滿期待。

八

「妹仔，妳去守住門口，切記，機不可失。」

妹仔霸氣地走向門口，雙腳與膝蓋同寬、膝蓋微曲，雙臂左右開張，展現以一擋百的氣勢。

「阿弟，等一下聽我口令就開始，務必要掌握先機。」

阿弟的眼神堅定，一副大義凜然的模樣，點頭回應。

「預備……開始！」

卓清揚一個箭步衝上前，阿弟也拔腿就跑。但兩人不是比賽跑步，而是要在雞圈裡活捉兩隻活蹦亂跳的雞。

卓清揚的目標是一隻褐毛老母雞，阿弟的目標則是一隻毛色黑白相間的公雞。

兩人兩雞橫衝直撞、追趕跑跳，陷入熱烈交纏。老母雞三番兩次拍動翅膀，躲過卓清揚的「魔爪」，還讓他吃得滿嘴雞毛；膽小的阿弟則時不時反過來被兇猛的公雞追著跑，發出淒厲的尖叫聲。

父子倆折騰好一陣子，累得氣喘如牛、汗如雨下，卻始終沒抓到雞。

看著爸爸與弟弟一副狼狽的模樣，妹仔忍不住捲起袖子想加入戰局。

「你們兩個到底行不行啊？俗話說，要『處心雞慮、見雞行事、隨雞應變』，要不要換我來？」

「不行，妳千萬別亂動，繼續守好門口，不要『白費心雞』。阿弟，我們交換一下目標，你去追老母雞、我來追公雞如何？」卓清揚說。

阿弟嘟著嘴，拒絕爸爸的提議：「不要，我不能『偷雞取巧』！我要親手抓到這隻雞，這樣牠以後才會乖乖聽我的話。」

卓清揚不解：「牠為什麼要聽你的話？牠等一下就要被做成白斬雞了。」

「不行，我不要『錯失良雞』！」

阿弟衝向公雞，整個人飛撲上去，接著倒地滾了一圈、身體捲曲躺在地上。

「阿弟！」卓清揚與妹仔同聲大叫。

妹仔一臉驚慌、快步上前，查看阿弟有無受傷。阿弟則是雙眼緊閉，表情十分痛苦。

「阿弟你沒事吧？睜開眼睛看看我！」妹仔抓著他的肩膀，用力搖晃。

阿弟突然睜開眼睛，露出得意的笑容，「嘿嘿！我抓到牠了！」

「咕、咕、咕、咕。」

阿弟的身上竟然發出奇異的雞叫聲，妹仔定睛一看，原來那隻公雞已被阿弟的四肢緊緊地鎖在懷中，完全動彈不得。

「好了，大功告成！」

大廚卓清揚望著一桌子香氣四溢、色味俱全的菜餚，露出得意的笑容。有白斬雞、香酥田雞、紅燒魚，還有乾煎豆腐、菜脯蛋、炒絲瓜、炒地瓜葉以及一鍋蘿蔔排骨湯。

他拍拍幫了大忙的二廚妹仔，再伸手抹去阿弟臉上沾到的炭灰，接著牽起他們倆的小手，一起朝門口走去。

「天還沒亮就把你們挖起來幫忙，真是辛苦你們了，走吧，我們一起去迎接客人。」

卓清揚拉開大門門栓，用力將門板往外推，一張笑咪咪的秀麗臉龐便冒了出來。

「小……」興奮的阿弟正要大聲叫人，卻被妹仔一把摀住嘴巴，發出嗯嗯嗚嗚的聲音。

阿弟瞪著妹仔，「嗯嗚嗯嗚嗚嗯嗯嗚嗯嗚嗚嗯嗚嗯嗯？」意思是「妳幹嘛啦？為什麼要阻止我叫小金姊姊？」

卓清揚不懂這對姊弟突然抱在一起到底是怎麼了，「你們倆，在貴客面前又怎麼啦？」

「阿弟。」

阿弟突然聽到小金姊姊在他耳朵旁邊細聲說話的聲音，可是她明明就在站在距離自己十步以外的門口，阿弟驚訝地睜大眼睛。

「這叫做『千里傳音』。你記住，今天是我們生平第一次見面，我不認識你，你也不認識我。在你阿爸面前，要和我裝不熟喔！」

阿弟點點頭，小金朝妹仔眨眨眼，妹仔這才鬆開手，朝小金笑了笑。

狀況外的卓清揚只覺得氣氛好像有些尷尬，連忙乾笑一陣，再進入開場白：「初次見面，我先幫你們介紹一下，這位是小金小姐，是我的朋友；這是小女妹仔與小犬阿弟，你們兩個，快叫姊姊好。」

「姊姊好。」妹仔立刻向小金鞠躬問好，態度十分恭敬，阿弟也依樣畫葫蘆，「姊姊好，歡迎光臨。」

小金泰然自若，揮手笑笑：「你們好，請多多指教。」

卓清揚招手道：「妳快進來吧，飯菜都準備好了。」

「清揚，我聽說，到人類家……呃……到人家家裡作客，不能空手而來，這樣很沒禮貌，所以我特別帶了一些我阿嬤種的水果，希望你們會喜歡。」小金將一大籃水果交到卓清揚手裡。

卓清揚拿起一顆拳頭大的枇杷仔細欣賞，彷彿見到稀世珍寶。

「想不到蓬萊山上竟然有枇杷果，還這麼大一顆，真是令人大開眼界。」

小金笑道：「這個超甜超好吃。我家還有種又大又甜、又香又多汁的蟠桃，比這個枇杷果還好吃，下次我再帶來給你們品嚐。」

「我……我要吃！」阿弟舉手。

「沒問題，下次我帶一籃子給你，讓你吃到怕！」

卓清揚皺眉望向阿弟，語帶責備，「阿弟，不可以這麼貪吃。」旋即又換上笑顏，對小金說：

「小金小姐請上座，這一桌粗茶淡飯，希望還合妳胃口。」

「哇！煮了這麼多菜也太豐盛了！那我就不客氣囉！」

「大家開動吧！」卓清揚率先夾了一塊白斬雞肉，蘸了點蒜泥醬油膏，放到小金碗裡。

不過半炷香時間，桌上的美味佳餚便一掃而空，一丁點蔥花或蒜末都不剩，連湯鍋都見底。

突然出現一聲飽嗝，妹仔立刻轉頭看向身旁的阿弟，阿弟卻嘟起嘴巴猛搖頭，眼神滿是委屈。

「不好意思，是我啦！我不小心吃太飽了。清揚，想不到你的手藝這麼好，可以開餐館了！」小金豎起大拇指，對卓清揚比了個讚。

「不敢當，都是一些簡單的家常菜，妳喜歡吃真是太好了！我去沏壺消食茶，給妳消脹解膩，順便把枇杷果剁給孩子們吃，妳在這裡陪陪他們好嗎？」

「沒問題。」小金笑著點頭。

卓清揚將桌上的碗盤堆疊成一座小山，端向廚房。

眼看阿爸的背影消失在轉角處，阿弟立刻一把抱住小金，肉麻地說：「小金姊姊我好想妳，天天想妳，想見妳！」

妹仔也環抱小金，撒嬌道：「小金姊姊我也好想妳喔！還有小黃哥哥。」

「你們兩個，在你們阿爸面前快憋壞了吧？」小金伸手捏了一把阿弟的臉，又摸摸妹仔的頭髮。

「小金姊姊我給妳看一個東西！」阿弟鬆開手，轉身朝自己房間走去，接著抱來一團布，走向小金。

「咕……咕……」布團裡發出聲音。

「小金姊姊，牠是我的新朋友，名字叫做雞雞。」
「等等，你說他叫什麼？雞雞？」
「對啊，就跟龜龜一樣。」
「你的寵物名字怎麼都是疊字啊？龜龜最近還好嗎？」
「不好，牠有時候會不太想吃東西，我很擔心牠。」
「你知道牠為什麼會不吃東西嗎？」小金問。
阿弟搖頭。
「因為牠很想念牠的家人，牠想和你一樣，每天都跟家人一起吃飯。龜龜的家在蓬萊山裡面，牠的家人每天都在等牠回家，已經等很久了。」
阿弟咬著下唇沒有回應，一臉不甘心。
「阿弟，聽小金姊姊的，你應該要放手讓龜龜回家了，如果他再繼續這樣不吃東西，恐怕會死——」
「我不要，我不要龜龜離開我！」阿弟情緒激動地大叫。
這一叫，驚動了懷裡的雞雞，牠嚇得拍動翅膀，從阿弟的手中掙脫。
「啊！雞雞！」阿弟伸手要抓住逃走的雞雞，牠卻加快竄逃速度，在屋子裡跳上跳下。
阿弟急得大喊：「姊姊、小金姊姊，快幫我抓雞雞！」
靈活的雞雞在家具之間來回跳躍，接連躲過朝牠飛撲而來的阿弟與妹仔，牠奮力拍動翅膀，似乎想找到逃離這個家的出口。

不過在小金眼裡，雞雞的所有動作就像是輪迴一般，不停重複發生：雞雞躲到桌子底下、阿弟伸出魔爪、跳開、妹仔撲了上去、飛走、躲到桌子底下、阿弟伸出魔爪、閃開、妹仔撲上去、展翅飛走、再度躲到桌子底下……

正當牠瘋狂亂叫，準備第三次逃離妹仔的飛撲並飛到空中時，手持白色包巾的小金早已看準時機。

「就是現在！」

小金迅速在空中展開包巾，「唰」的一聲，擋住雞雞的去路，正當她順勢要用包巾裹住雞雞時，卻撞上猛衝過來想要幫忙的阿弟。

「唉呦！」阿弟被撞倒在地，發出哀號。

小金則被撞得重心不穩，差點跌倒。

「咕嘰咿咕咕嘰！」雞雞發出尖銳的抗議聲並且迅速擺脫包巾，消失在小金眼前。

「阿弟，你沒事吧？」小金立刻上前查看阿弟的狀況。

「痛……」阿弟的表情痛苦，坐在地上。

小金伸手幫他拉起兩邊褲管，露出兩條麥色的腿。他的雙膝都磨破皮，傷口還滲出鮮血。

「你受傷了，我來幫你上藥包紮。」

小金從懷裡掏出一條乾淨的手帕及一只圓形翠玉雕花藥膏盒，正要開始上藥，阿弟卻出手阻止她。

「小金姊姊，我沒關係，妳可不可以先幫我抓雞雞？」

「不行，傷口要趕快處理才會好，不然你走路會痛。」

「我來吧，我會包紮，爸爸有教過我。」妹仔說。

接著她指向通往後方房間與後院的走廊，「小金姊姊，我看到雞雞往後面飛，搞不好已經逃到後院了。以牠的大小，應該可以從籬笆的空隙鑽出去。後面鄰居養了一條很兇的大黑狗，常常在外面巡邏，雞雞搞不好……會被牠當成獵物咬死。」

「不可以！『雞不可死』！」阿弟大喊，眼淚開始在眼眶裡打轉。

小金將手帕及藥膏盒交到妹仔手上，「好吧，這裡交給妳。阿弟你別擔心，有我在，我一定會幫你把雞雞抓回來，給你『一現生雞』！」

她伸手摸摸阿弟的頭，轉身便捲起袖子，如將軍出征般昂首闊步，朝屋子後方走去。

通過長廊，小金來到綠意盎然的後院。

一排竹架上種著藤蔓繚繞、才剛微微變紅的番茄；另一排竹架上則結了小小的絲瓜。地上有四行蔬菜，分別是紅蘿蔔、地瓜葉、空心菜與小茴。旁邊還有一個用磚塊圍成一圈的藥草田，散發出淡淡的清新草香味。

放眼望去，沒有任何樹叢或雜物堆這類可以藏身的地方，卻不見雞雞的蹤影。

奇怪，難道牠真的從籬笆空隙鑽出去了嗎？

小金心裡嘀咕，同時她也蹲了下來，仔細查看地上的土壤。

一道淺淺的腳印在她眼中變得大而清晰。腳印的形狀並不完整，而且左右不連續，但從大小與形狀看得出來是雞腳印，朝前方延伸。

小金順著腳印的方向看去，盡頭是一座草堂，竹門半掩。於是她快步朝草堂方向走去。

一股濃濃的草藥味飄了過來。

這裡應該就是卓清揚的藥房了？進去看看吧！

小金推開竹門，走進草堂。堂內有一張大桌，上面擺滿了各種製藥工具、兩排瓶瓶罐罐，還有藥材。

右手邊的壁架上有幾把新鮮的藥草，還有一些尚未加工完成的半成品藥材。

左手邊掛著一道門簾，於是她撥開竹簾走了進去。

房間裡面有三大櫃的醫書、一整排藥櫃，還有一張稍嫌雜亂的書桌，以及一把椅面凹陷的藤椅。

「咕……」

小金聽到一聲微弱的雞鳴。她掃視四周，並在藥櫃旁邊的角落發現雞雞瑟瑟發抖的背影。

「原來你躲在這裡啊！闖了大禍還想逃？」

小金朝雞雞走去，蹲在牠面前，再將手上的包巾攤開，鋪在地上。

她眼神凌厲地望著雞雞，嚴肅道：「你現在面臨了生死關頭，你有兩個選擇：第一、乖乖跟我回去，安分守己地在這個家裡當阿弟的寵物；第二、繼續逃跑，然後被我抓到，變成我們今天的晚餐，你選一個吧！今晚是吃麻油雞好，還是三杯雞呢？不如簡單一點，直接大卸八塊，燉雞湯？」

「咕……咕……咕……」

雞雞抗議似地叫了幾聲後，竟然自己走進包巾裡，然後一屁股坐下，閉上眼睛，一動也不動，宛如從容就義的烈士。

「算你識相。」小金笑著將雞雞包了起來，抱在懷裡。

她走向門口，準備離開草堂時，突然停下腳步。

她注意到草堂裡有一個非比尋常的異狀。

一閃、一閃、一閃、一閃。

有一道詭譎的微弱光芒，在書房裡不停閃耀。於是小金四處張望，尋找金光的來源。

卓清揚雜亂的書桌上，有一堆攤開的書本、紙張與紙捲，奇異金光正透過那堆紙張發散至整個空間。

小金屏住呼吸、小心翼翼地走向書桌。

她左手緊緊抱住包袱裡的雞雞，右手則慢慢地將那一堆書本、紙張及紙捲，由上而下依序拿起，堆在旁邊。

每當她拿起一樣東西，那異樣的金色光芒便又增強一分。

移開一大疊處方箋之後，她終於見到怪異金光的來源，竟然是一塊圓形臘光玉牌。

小金驚訝得簡直不敢相信自己的眼睛，「這個圖騰是……」

她赫然想起日前她在山洞及大宅裡看過的「犬」字甲骨文，竟與這塊玉牌上的圖形一模一樣。

她的手微微顫抖，拿起玉牌想一探究竟，不料玉牌下還壓著一張紙。

她定睛一看，紙上的標題卻讓她倒吸一口氣，腦子陷入一片空白。潔白的宣紙上，烏黑濃墨寫著四個大字：「獵虎計畫」。

卓清揚端著一壺消食茶及一大盤枇杷果回到餐廳，卻不見小金身影。

剛剛擦完藥，痛得淚眼婆娑的阿弟說：「小金姊姊去抓雞雞了。」

妹仔向爸爸說明並告知小金在後院，可能需要幫忙，於是卓清揚立刻轉身走向後院。

他注意到草堂的大門敞開，於是快步走向草堂，才剛剛走到門口，小金便如疾風般暴衝出門，結果她的額頭硬生生地撞上了卓清揚結實的胸膛。

「唔……」突如其來的撞擊，痛得卓清揚悶哼一聲，不過他的雙手也順勢環抱小金，一股溫軟馨香撲鼻而來，他的心也隨之一震。

卓清揚輕輕撫摸小金的頭髮，柔情似水，「怎麼了？妳沒事吧？」不料小金的反應卻讓他大感意外。

「放開我！我和參與獵虎計畫的人，從此恩斷義絕！」

氣嘟嘟的小金一把推開卓清揚，再將手中的布包塞到他懷裡，接著一個側身縱跳，消失得無影無蹤。

一離開卓家，小金便後悔不已，也許這一切都是誤會。

雖然眼前物證確鑿，但怒氣沖沖的她卻沒有給卓清揚一個解釋的機會，讓他說明自己為什麼會有那一份「獵虎計畫」。

實則小金害怕聽到他的辯解，害怕自己的信任被人類濫用，更害怕因此證明自己其實愛錯了人。

然而最令她傷心的莫過於自己好傻好天真，她直到現在才終於願意承認，也許阿嬤是對的。

昔日阿嬤的叮嚀，如今一字一句浮現在她腦海裡，那些曾經被她當成耳邊風的耳提面命，如今變得格外諷刺。

知人知面不知心。

妳是我們虎族的希望，妳要聽阿嬤的話，不要和人類有太多接觸，否則到最後，受傷的會是妳啊！

難道妳忘記妳父母親是怎麼死的嗎？

眼前再次浮現父母親慘死的畫面，那永誌難忘的悲痛，總讓她在午夜夢迴時哭著驚醒。

她一直覺得查明真相、幫父母親報仇、延續虎族血脈，是她生存的使命與責任，但有時候她又覺得，這一切更像是一個她生生世世無法掙脫的枷鎖與詛咒。

小金悄悄地回到家裡房間，脫掉鞋子、躺上床，蜷縮著身子躲在棉被裡。一股揪心之痛，痛得她快喘不過氣。她的淚水傾瀉而下，髮絲、枕頭與被褥之間化為一片汪洋。此時此刻，她覺得自己就像是行走在一片濃霧瀰漫、渺無出路的荒煙蔓草中，只要稍有不慎，便會失足跌落山崖、墜入萬丈深淵，被無止盡的黑暗與絕望吞噬殆盡。

「一切都是我咎由自取。」她傷心欲絕地閉上眼睛。

5 曹植，《贈白馬王彪》。大丈夫理應志在四海，而非沉溺在兒女之情。

第八回　致命殺機

翌日一早，阿嬤出發前往翠山，參加一年一度的「山林守護者大會」。依照慣例，她會在隔天傍晚左右回家，這意味著小金必須自己解決今日三餐及明日早、午兩餐。她拉起棉被蒙著頭，心想反正阿嬤不在，自己也沒胃口吃飯，不如就在床上躺一整天，當一坨稱職的爛泥。

「喂！都快中午了！妳要賴床賴到什麼時候啊？不累嗎？」一個熟悉的聲音在小金耳邊出現。

「臭鳥！不是跟你說過好幾次了，不准你偷偷摸摸進來我房間，你是想變成三杯鳥、烤小鳥還是氣鍋鳥湯？」

「虎姑婆、刺耙耙[6]，好歹我也是妳在這個世界上唯一的朋友，妳竟然想痛下殺手？」小黃邊說邊從屋頂橫樑上飛到地面，搖身一變，現出人形。

「朋友？」這兩個字讓小金想起卓清揚，還有他說過的話。原來他的每個表情與動作，早已烙印在她的心上，想忘也忘不掉。

「哎，快起來，我有很重要的情報要說。」小黃雙手抱胸道。

「唉，好啦！我也有事情想和你討論一下。」

小金掀開被子起身下床，披上一件紅色斗篷，示意小黃一起到外面花園涼亭內的石桌椅坐著聊。她覺得自己需要吹吹冷風才能保持清醒。

「說吧，什麼情報？」

「妳還記得我們從地牢裡救出妹仔與阿弟的地方嗎？」

「嗯，當然。」小金點頭回應。

「根據我的調查，那裡是一個叫做『光明教』的道觀，每天早晚都有法師帶領信徒們誦經或辦什麼消災祈福法會。表面上看起來，是個正派經營的宗教場所，實際上卻是邪教組織，是黑狗黨的大本營。」

「什麼？你有證據嗎？」

「昨晚，我親眼見到幾個僕役打扮的人從後門偷偷溜出道觀，跑到後面樹林裡喝酒，邊喝邊抱怨他們的教主，一個叫做『大智慧無極無上光明師』的傢伙沒人性，說他為了修練『永生大法』，要將方圓千里內的村民們通通抓起來，連剛出生的小嬰兒也不放過。」

小金睜大雙眼，倒吸一口冷氣，「他要修練永生大法？」

「對啊，怎麼了嗎？」

「我聽阿嬷說過，那是一種很危險也很殘忍的黑暗祕法，必須將自己的氣血混合生人的精氣神一起煉成萬靈丹服用。聽說任何人只要長期服用那種丹藥，就能青春永駐、長生不老。」

「這也沒什麼，歷史上久旱無糧、兵荒馬亂的時候，為了活下去，人吃人不是很常見的事嗎？」

小金搖頭道：「永生大法總共有九十九級，修練者必須在七七四十九天內服下一千顆靈丹才能練成一級，中間不能半途而廢，否則就會七孔流血、暴斃身亡。」

「九十九級，一次殺一千人，總共要殺九萬九千人……」小黃瞠目結舌望著小金。

小金面色凝重接著說：「原則上是九萬九千人，但有些人的精氣神不佳，可能煉不成丹，所以實際上犧牲的人數可能更多。」

小黃彈指，恍然大悟，「我知道了！這一切終於獲得合理的解釋，為什麼附近幾個村子裡會有這麼多失蹤人口？還有那座道觀裡，為什麼會有一座血淋淋的『人肉森林』？原來是光明教主要煉丹！」

小金從懷裡掏出她從卓清揚桌上不告而取的「獵虎計畫」，遞給小黃，「你看這個。」

小黃快速讀完整份計畫，不禁啞然失笑：「這個漏洞百出的計畫，明眼人一看就知道是陷阱，目的就是要我們自己送上門去。」

小金點頭，咬牙切齒道：「製造人類與虎族之間的矛盾及衝突，進而陷害虎族，還真是令人『懷念』的手法。看來躲在人類背後偷偷謀劃這一切的光明教主，肯定就是這麼多年來我們拚命尋找，卻又一直找不到的傢伙，黑狗黨的犬王！」

「雖然這是一個很可笑的陷阱，但我覺得不妨將計就計。我跟妳說，我們就這樣……再那樣……不僅能將他們手中的人質平安救出，也能讓他們嚐嚐苦頭，妳覺得如何？」

「好！就這麼辦！」小金點頭。

「嗚嗚嗚嗚……我要回家……嗚嗚嗚嗚……」

陰暗的廢棄山神廟裡，有五名身穿破洞衣裳、手腳都被綑綁住的小孩，坐在地上放聲哭泣。
一條又粗又硬的繩索鑲進他們的手腕與腳踝，刺傷他們細嫩的皮膚，滲出了鮮血。
「放我出去……爸爸！媽媽！救我！我要回家！」一名女童高聲尖叫。
一名持刀看守的男子以刀背敲擊女童的頭，兇惡道：「別吵！再吵我就立刻殺了妳！」
「嗚嗚嗚嗚……」疼痛讓女童哭得更大聲了。
「妳這丫頭，不是叫妳不要哭了嗎？聽不懂人話？」男子朝女童左臉狠甩一個巴掌，女童臉上頓時浮現一個血紅掌印。
正當他準備朝女童的右臉也巴上一掌時，天上突然出現一道震耳欲聾的虎嘯，令在場眾人紛紛掩耳。
緊接著是一連串穿破屋瓦的聲音。
小金從天而降，狠狠地瞪著男子：「給我住手！你要是想活命，就立刻放了他們！」
「哼，果然不出尊者所料，小公主沉不住氣，來自投羅網了。兄弟們，大家一起上！」
埋伏在山神廟各個角落裡的黑狗黨眾衝了出來，將小金團團包圍。
二十隻大黑狗露出陰森的尖牙，發出陣陣低吼，迫不及待地想將眼前的獵物撕成碎片。
小金冷笑道：「呵，裝模作樣。就憑你們幾隻臭野狗，就想困住本姑娘？真是太可笑了。」
「哼，細皮嫩肉的小公主，妳今天就是插翅也難飛，上！」
黑狗們從四面八方朝小金飛撲而來，被她一一打飛、斷了頸椎與腳骨，攤倒在地上。
駭人的是，牠們竟然扭一扭身子，雙眼發出如烈火般炙熱的紅光後，便直挺挺地站了起來，毫髮無傷地重回戰場。

糟了，牠們是打不死的殭屍狗，我還是趕緊撤退吧！

小金拿起脖子上的白玉笛一吹，一根繩索立刻從屋頂垂直落下，但當她飛身一跳，眼看就快要抓住繩索時，一張發光的大網卻突然從天而降，將她困於網中。

而且她越是掙扎，網子的束縛就變得越緊，勒得她快要無法呼吸。

慘了，這是捆仙索製成的網子！牠們怎麼會有如此法寶？

網子像八爪章魚遇到獵物一樣，迅速將她從頭到腳全盤緊緊鎖住。

小金使勁掙扎，好不容易製造出一點點空隙，讓她能拿起笛子放在嘴邊用力吹了一下。

氣力用盡的她突然眼前一黑，陷入昏厥。

卓清揚匆忙趕赴「獵虎計畫」現場，卻為時已晚。

一群黑狗張著血盆大口、四處巡查叫囂，貌似要將來者生吞活剝。

小金困在網子裡不省人事，被人抬走。

於是卓清揚迅速挪動腳步，悄悄地跟蹤大隊人馬。

突然間，他被人從後方揪住衣領，並以巾帕用力摀住他的口鼻，一股異香因而竄入他的鼻腔。

是迷魂香！

卓清揚一驚，卻來不及掙脫，旋即陷入昏迷。

他做了一個夢，一個既漫長又悲傷的夢。

在夢裡，他看到小金的父親與母親，還有剛出生的小金。

俊美挺拔的虎王、美如天仙的虎后、與虎王情同手足的犬王，以及在虎后的懷抱裡，還是小嬰兒的軟萌小金。

她有一頭細緻的金髮，白皙如雪的皮膚，大大的眼睛、小巧的鼻子和嘴巴，兩個腮幫子紅通通的，非常可愛。虎王與虎后輪流抱著她、逗弄她，愛不釋手。

虎后於沐浴焚香後，抱著小金來到幻湖邊，虔誠地向上天祈禱，衷心希望小金能成為虎族向人類傳達善意的使者，期待未來，她能用智慧化解人虎之間長達百年的對立。

緊接著，是一陣意見不和的激烈爭吵，虎王與犬王對於虎族與黑狗黨的未來，始終沒有共識。

他們吵過無數次的架，虎王始終無法苟同犬王的想法，而性格執拗的犬王也不肯放棄，一再試圖說服虎王，甚至用盡各種手段，企圖強迫他接受。

心胸寬大的虎王希望虎與犬，乃至於所有動物，都能與人類保持距離、和平共處。

他要求虎族與黑狗黨必須適度包容人類的「不懂規矩」，命祭司立下嚴格的律法與刑罰，作為動物與人類相處的行為規範，違者最重得處死刑。

同時，他也要求人類首領們，必須嚴格限制人類進入山林中捕獵的時間，並且禁止設置陷阱。

但犬王認為，動物們自萬古之初即生活其中的山林寶庫，早已因人類大舉入侵而面目全非、資源枯竭。人類恣意地在山林中設下許多殘忍的陷阱，使許多動物無法掙脫陷阱，因而失去生命，人類的行為屬於惡意殘殺，但他們卻從來不知反省。事到如今，已經是忍無可忍，無須再忍的時候了。

犬王主張，動物們應該向人類宣戰，爭取動物們的生存權。他甚至公開發表宣言：虎族與黑狗黨應該要聯手推翻人類的政權並且取而代之，聯合統治粗野、凶殘又低等的人類。

那一天，月黑風高、氣氛低沉，有種山雨欲來的態勢。

虎王與犬王兩人在書房裡針鋒相對，吵得面紅耳赤。雙方堅持己見、互不相讓。

「我們這麼多年兄弟一場，再見，或再也不見，就看你如何選擇。希望有朝一日，你不會後悔！」犬王怒氣沖沖撂完狠話之後，旋即拂袖離去。

窗外忽然下起一陣傾盆大雨，嘩啦作響。接著又刮起一陣呼呼大風，風力之強，竟將一棵百年樟樹連根拔起。

翌日，犬王詔告天下：從今以後，黑狗黨與虎族斷絕往來，倘若虎族執意與人類為伍，便是與黑狗黨為敵。

在犬王焰火般的雙眸中，卓清揚發覺隱藏在他心底深處的悲傷。

眼前的畫面突然一陣劇烈搖晃，卓清揚竟然見到年幼時的犬王。

牠與弟弟妹妹們一起依偎在母親的身旁，時而相互打鬧，時而向母親撒嬌。

緊接著畫面一跳，犬王的母親消失了。

犬王帶著弟弟妹妹們四處尋找食物，卻遭到人類的責罵與追打，只能狼狽地逃跑。

身為哥哥的牠，將弱小的弟弟妹妹們安置在一座廢棄的茅草屋裡，再獨自跑去附近的村莊，潛入人類家中的廚房偷走食物，帶回去餵食弟弟妹妹們。

一日，當牠叼著一條五花肉，開心地返回茅草屋時，卻在門口聞到一股食物的香氣，還聽見人類的打嗝聲。牠立刻提高警覺，悄悄地從門縫中觀察裡面的情況。

柴火上有一鍋正在冒煙的熱湯，兩名獵人打扮的男子坐在地上、捧著碗交談。

「真香，冬令進補，就該這樣煮。」

「可惜，只有肉沒有菜，要是能再加一條蘿蔔或一根玉米下去煮，那就更美味了。」

「呸！」男子朝地上吐出幾根骨頭，搖頭道：「唉，就這麼點肉，真是塞牙縫都不夠！」

「這點肉果然不夠吃，快點，你熱湯喝一喝，趁現在天色還亮，我們再上山去打獵吧！」

眼看獵人熄滅柴火、收起鍋碗、揹起獵刀，準備離開茅草屋，犬王立刻躲到屋後角落，瑟縮著身體趴在地上，再將五花肉藏在肚子下面，深怕被獵人們發現。

等到獵人們的腳步聲遠離後，牠才悄悄地推開門，進入茅草屋內。

犬王放下嘴裡的肉，低聲叫喚著：「小弟、小妹，大家，我回來囉！」

往常，弟弟妹妹們只要一聽到牠的聲音，就會從四面八方跳出來，搖著尾巴圍著牠，開心地等待牠分配食物。不過今天卻是靜悄悄地，一點動靜也沒有。

牠低頭聞著地面，循著弟弟妹妹們的氣味想找到牠們，卻只找到一團團血淋淋的皮毛。

犬王的身體不停顫抖，淚水從牠的眼中傾瀉而下，宛如江水潰堤。

畫面再次快速流動。

隨著小金一天天長大，虎族、黑狗黨與人類之間的矛盾也一天天加深。原為虎族盟友的黑狗黨，最後選擇背叛虎族，與人類聯手陷害虎族，甚至計畫殺害虎王、虎后。

下一幕，即是小金淚流滿面與痛徹心扉的淒厲叫聲。

「爸爸！媽媽！不要！」

尖細的雨絲如萬針般扎進她的皮膚，她的臉上與身上滿是鮮血與泥濘。

小金的雙親倒臥在一片血泊之中，一動也不動，無論她如何哭喊，他們再也不曾睜開眼睛。

她還是個孩子啊！這麼小的孩子啊！

卓清揚心痛得潸然淚下。

如果這一切都是命運之神事先寫好的劇本，也未免太無情、太殘忍了！

緊接著畫面一轉，卓清揚見到年少時期的自己，那個還在師父尹樑跟前當學徒的他，一臉憂心忡忡的樣子。

他在夜裡端著一盆冷水，急急忙忙走進西廂房。

臉色蒼白的小金躺在床上，卓清揚坐在床邊，伸手拿起放在她額頭上的巾帕，浸了浸冷水，再將巾帕擰乾，放回她的額頭上。

畫面又一轉，出現一名衣著華貴、慈祥和藹的老太太，笑著對師父說：「老身乃是西王母。尹大夫，謝謝您救了我家孫女兒，您的大恩大德，老身定將回報。」

尹樑拱手作揖，謙虛道：「行醫救人本是我分內之事，王母娘娘不用客氣。要說救，令孫女誤入陷阱一事，乃小徒清揚發現的。昨夜她高燒不退，也是小徒不眠不休，用心照料了一整夜。倘若王母娘娘真要答謝，得感謝小徒才是。」

「天意不可違，看來他倆將有一段不解之緣。尹大夫，這是我的第一份謝禮，請您笑納。」

老太太將一只金色繡花錦囊交給尹樑後，接著轉過身，望著佇足在一旁觀看所有過程的卓清揚，微笑道：「孩子，如今事情的前因後果，你都知道了。現在你也該醒過來，去做你該做的事情了。」

卓清揚如遭雷擊般猛然睜開眼睛，並從地上彈坐起來。眼前的景象是一片陌生的樹林，被風吹拂而沙沙作響的樹葉聲中，參雜著從遠方傳來的陣陣誦經聲。一種詭譎的氣氛瀰漫在空氣之中。

「你醒啦？你好，初次見面，我是小金的朋友小黃。」小黃彎下腰，笑嘻嘻地伸出右手。

「你好，我……這裡是哪裡？我怎麼會在這裡？」卓清揚四處張望，腦中一片空白。

「咦？難道你有撞到頭嗎？不會吧……你記得自己的名字嗎？你家住在哪裡？剛剛發生過的事，你還記得嗎？」

「我叫卓清揚，家住在弱水村，我看到小金她……她被人抓走了，我要去救她！」

「別擔心，她沒事，她現在被關在前方的光明教裡，等著你和我，我們兩個人一起去救她。不過在此之前，你得先跟我交代清楚，這個『獵虎計畫』是怎麼一回事？」

看到小黃手中那張被捏得皺巴巴的計畫書，卓清揚總算確定那天小金突然離開的原因，他先是嘆了一口氣，再道：「那是個誤會，小金她誤會我了。而且，她還不知道我是誰，她不知道我有多希望她能平安健康、快樂地活著。我可以對天發誓，我卓清揚這輩子絕對不可能傷害她！」

「對天發誓？都什麼年代了還來這招啊？你有沒有別的證據能證明自己的清白？」

「我有這個！」卓清揚從懷裡拿出小金阿嬤相贈的金色繡花錦囊，上面繡著一個圖案，正是甲骨文中的「虎」字。

小黃認得這個錦囊，「原來是你，你就是小金兒時的救命恩人。」

卓清揚點頭，「是我和師父一起救了她。」

「那好，根據我的調查，黑狗黨的人用錢收買行義村的村長陳峰，命他四處散布『獵虎計畫』，目的就是要引誘小金上當。看來你是被他們利用了。」

「原來如此，我去行義村義診時，村長拿著計畫書來找我幫忙，但被我拒絕了。沒想到，我回家之後整理藥箱時才發現，藥箱裡竟然放了一份計畫書，想必是村長趁我不注意時放進去的。」

「真是害人害己。現在行義村和弱水村的村民們都被抓了，要被犬王拿來練永生大法！」

卓清揚大驚，激動地抓住小黃的肩頭：「什麼？那我家妹仔與阿弟呢？」

小黃微笑，「放心，他們倆很安全，我已經安置好他們了。」

「那就好，但是其他的村民怎麼辦？」

「他們就要靠你跟我了，我們要趕緊去救人！」

總兵府裡的氣氛哀傷低迷。

張武抱著已斷氣的張洋拚命地搖晃，心痛落淚。

「洋啊，你振作一點，張開眼睛看看我！」

「洋，我的洋啊！你走了，我也不想活了！」

張武的妻子、張洋的母親張秦氏捶心頓足，哭得聲嘶力竭。

「都怪你這個愚婦！我早就說過，要重金禮聘各地名醫來治療洋兒的虎變，妳卻偏要聽信那邪魔歪道的讒言，還花了大筆銀子吃齋、念佛、辦法會，結果呢？老天爺啊！可憐我張家四代單傳，唯一的命脈竟毀在妳手裡？大膽妖孽，我要妳血債血償，我先殺了妳陪葬，再去光明教殺了那個神棍！」

氣憤的張武一把抽出腰上的佩刀，接著「唰」的一聲，利刃劃破張秦氏白皙的頸子，噴出大量鮮血，濺得張武與張洋的臉上俱是血跡斑斑。

「嗚……」張秦氏斜倒在地上，雙眼不瞑，眼角還掛著淚珠，痛苦地斷了氣。

冷風颯颯，萬物靜瑟。天空是一片漆黑，無月、無雲也無星。

捧著詩書的犬王佇立在窗邊，望著窗外沉思。

「稟教主，吉時已到，一切皆已準備就緒，恭請教主移駕至大殿。」大智慧光明尊者說。

犬王放下手中的書卷，開口道：「把那個虎族小鬼也帶上殿去，我要吸取她的精氣、吞了她，增加我的道行。」

「遵命，屬下立刻準備。」

犬王瞇著眼睛，露出一抹猖狂又邪魅的微笑。

「放開我！你們到底想幹嘛？」小金高喊。

兩名大漢將手腳被反綁、雙眼蒙上黑布的小金從地牢裡拖了出來。

他們在她嘴裡塞進一坨髒臭破布，令她不能言語，再抓著她的雙手將她在地上拖行，粗暴地將她一路拖行至大殿。

小金在路上死命掙扎，但她越是掙扎，手腳上的捆仙索就鎖得越緊，就像齊天大聖的緊箍咒一樣，捆仙索狠狠地扎進了小金白皙的肌膚，滲出鮮血淋漓。

忽然間，小金眼上的黑布被猛然摘掉。

待她漸漸適應光線後，四周景物從模糊不清，逐漸變得清晰立體。

但眼前這一幅宛如人間煉獄般的畫面，讓她分不清楚這一切究竟是惡夢還是現實。

一隻巨大的黑狗矗立在大殿的正中央，而牠的體型竟然大到能完全擋住牠背後一座約莫三層樓高的巨大佛像。牠的雙眼如火山熔岩般滾燙，鼻孔呼出陣陣的熱氣冒煙，血盆大口裡有兩排銳利的獠牙，就像是刀山地獄中的銳劍。

大黑狗的右手邊，是一群手腳被綑綁、嘴裡還塞著白布的村民們，無助地發出「嗚嗚嗚嗚」的聲音。而在大黑狗的左手邊，則是一座由白骨堆疊而成的山丘，高達大黑狗的半身高。

牠施法將村民吸附在右掌中，再放至嘴邊輕吮，動作之流暢，就像在吃燒酒螺。大黑狗這一吸，一個活生生的血肉之軀瞬間化為一具白骨，接著牠隨手一拋，骸骨便疊成一座白骨山。

小金心中燃起熊熊怒火，她好想大吼：「快住手！你這個烏龜王八蛋！」但她無法出聲，因為嘴裡有一坨又髒又臭的布。

她更想直接跳到大黑狗面前，與牠決一死戰，偏偏她動彈不得。

此時，小金終於注意到原來自己也是需要別人解救的對象，因為她竟然被綁在一根大木頭上，而且懸吊在四層樓高的半空中。

我的老天爺啊，誰快來救救我啊！

小金在心裡吶喊。

突然出現一陣疾速的腳步聲，大殿緊閉的門扉被用力推開，發出「碰」的一聲。

一百名身手矯健的精銳部隊手持武器殺進光明教，帶隊者正是剛剛歷經喪子之痛的總兵張武。

張武騎在一匹汗血寶馬上，以侵門踏戶之姿帶隊衝進大殿，激動地大喊：「光明教主，還我兒子的命來！我要替天行道，斬了你這個惑眾妖孽！」

不料眼前如地獄般駭人的景象，令張武與他的隊員們驚訝不已。但這一百壯士不愧是身經百戰的菁英，個個都有過人的膽識與勇氣。即便是面對將近三層樓高、青面獠牙、雙眼如炬的黑狗妖，他們依然紋風不動，毫不退卻。

「大膽妖孽！竟敢屠殺生靈、殘害百姓，看我怎麼收拾你！兄弟們，克敵雷雨陣！」

張武一聲令下，士兵們紛紛取下原本揹在背上的盾牌，然後一字排開，形成一道密實的屏障。

「放箭！」

盾牌後方發出「咻咻咻咻」的聲音，萬箭齊發朝黑狗妖射去。

不料黑狗妖大手一揮，掌風竟比颱風還強勁，一支支鐵箭通通急轉彎，釘上一旁的檜木大圓柱。眼看第一波攻勢無效，張武大喊：「破敵猛火陣！」

士兵們聽令，立刻變換成月牙陣型，上前團團圍住黑狗妖。一道道盾牌突然噴出一條條如火龍般的炙熱炎柱，撲向黑狗妖。

烈火攻勢奏效，激怒了黑狗妖，只見牠頻頻移動身軀、閃避火焰攻擊，同時也迅速展開反擊。牠發出陣陣低吼、露出兩排銳利尖牙，同時快速揮舞雙掌，以利爪刺向靠近牠身邊的士兵們。

在黑狗妖與張武軍陷入混戰之際，小金卻像燈籠般高掛空中，令她又氣又急。耳邊忽然出現一個熟悉的聲音：「嘿，是我，別亂動，我來幫妳解開繩子。」

原來是小黃以鳥的形態現身，悄悄地停在小金的肩膀上。

小金睜大眼睛，內心尖叫。

小黃！你終於來救我了！怎麼這麼久才來？我又餓、又渴、又累，都快升天了！

「妳都已經在半天上了，還能再升天啊？這要怪誰？阿嬤教妳的是千里傳音，妳傳得斷斷續續的像打鑼鼓點，害我差點找錯地方。平常叫妳好好練功，妳就貪玩偷懶耍賴不肯練。妳看看妳，虎落平陽被犬欺，吃大虧了吧？」

小黃說起教來的神情，簡直和阿嬤一模一樣，小金被唸得無地自容，只好尷尬地「呵呵」笑了兩聲。

「這種情況下妳還笑得出來？哎，妳別亂動，要是被臭狗發現就慘了，我現在幫妳解開繩子，等一下我數到三之後，妳自己看著辦啊！」小黃飛到小金的背後，用鳥嘴努力解開繩索。

同一時間，穿著士兵服裝的卓清揚也悄悄混入大殿，在受困村民中找到癱坐在地上的村長陳峰。

卓清揚輕輕走到陳峰背後，在他耳邊低聲道：「村長，是我，卓大夫，我來救你們了！」

「嗚嗚嗚嗚……」一聽到卓清揚的聲音，陳峰激動地扭動身軀，還流下兩行熱淚。

「噓！你先別激動，保持安靜。」

陳峰立刻乖乖配合，一動也不動。

「我已經清空通往後門的路，等一下我先幫你解開繩子，我們再一起解救村民們。」

陳峰點點頭。

卓清揚幫陳峰解開反綁在背後的雙手，陳峰旋即自己摘下蒙眼布，再掏出口中的白布。

陳峰望著卓清揚，眼神既羞愧又感激。

卓清揚報以溫暖的微笑，他拍拍陳峰的肩膀，低聲道：「你先別自責，我們現在最重要的，是要平安救出所有村民。請你依照我的指示，讓村民們兩兩一組、分批撤離。」

陳峰點頭，用袖子抹去臉上的淚水。

兩人分頭解開婦人們身上的束縛，請她們抱起嬰幼兒，先行離開。

接著是少年，請他們一人負責扶持一位兒童或老人，共同速速離開。

最後是有作戰能力的青壯年。他們手上的繩索已經鬆開，卻依然裝作被綑綁的模樣，靜靜留在原地，等待卓清揚的指示。

大殿上，驍勇善戰的士兵們持續與黑狗妖搏鬥，他們忽集結、忽打散、忽左、忽右，不停地變換陣法，如螞蟻雄兵般難纏，令黑狗妖陷入眼花撩亂的焦躁中，幾次攻擊都未能命中目標。

「吼！」憤怒不已的黑狗妖發出一陣驚天動地、震耳欲聾的嘶吼。而黑狗妖的背後冷不防衝出上百隻大黑狗，如惡虎撲羊般衝向士兵們，朝他們毫無防護裝備的臉部狂咬。

「啊！」一名士兵的右臉皮被狠狠地扯了下來，痛得他倒地大吼。

血跡斑斑的地面上陸續出現鼻子、眼珠、嘴唇，接著是頭盔、耳朵、片片盔甲……

悽厲的哭聲與尖叫聲不絕於耳，迴盪在大殿中。

眼看士兵們即將全軍覆沒，按耐不住的陳峰想要起身衝出去幫忙，卻被坐在後方的卓清揚一把按住肩膀。

卓清揚低聲道：「且慢！現在還不行，你不能去白白送死！等我指示！」

陳峰的眼淚不聽使喚地滑落，儘管他心中有千百個不願意，還是乖乖配合卓清揚的行動。

小黃順利解開小金身上的繩結，「可以了，妳準備好，等我數到三！」

小金微微點頭。

小黃咬著繩索的前端，朝地面飛去，小金身上的繩索開始一圈一圈地解開。

「三！」

小金瞬間恢復自由，從半空中快速向下墜落。

這一幕看得卓清揚的心緊緊一揪，忘了呼吸。

緊接著，小金的身上射出耀眼的金色光芒，她從人身幻化為虎形，並以厚實的四隻腳掌穩穩著地。她抬頭瞪著黑狗妖，眼神如火，她張嘴發出陣陣低吼，彷彿要一口吞掉牠。

高高在上的黑狗妖，低頭俯視如螻蟻般大小的小金，露出不屑冷笑。牠伸出右前腳，像打蒼蠅般朝小金拍去，掌風之大，宛如狂風吹過。

小金迅速躲開攻擊，但狗掌卻像鋪天蓋般持續襲擊小金，所幸她動作靈敏，每每都能搶先一步，逃離魔掌。

黑狗妖一連串的狂暴攻擊，造成大殿內的樑柱倒塌頹圮。一根從天而降的木條差點擊中陳峰，還好卓清揚眼明手快，拉了他一把，才讓他躲過一劫。

這樣下去不行，為了解救大家，我要豁出去了！

小金拚命吸進一大口氣，她的身體便像顆球一樣開始膨脹，而且變得越來越大、越來越高，竟然變得和黑狗妖一樣高大。

她惡狠狠地瞪著黑狗妖，開口就是一陣怒吼，就像是一段沉痛斥責與嚴厲控訴。

在黑狗妖眼裡，小金的行為是不折不扣的挑釁。於是牠也張開大嘴、吼叫回應，同時展開攻擊，陰險的牠竟冷不防地伸出利爪，一掌撲向小金的左臉，想讓她措手不及。

黑狗妖的一舉一動早已在小金的計算中，要比速度，當然是輕盈的她動作更快、更猛。

她微微地往右方一閃，同時伸出右掌，朝黑狗妖的左臉用力一揮，迅速地劃破牠的左眼及臉頰，流出汩汩鮮血。

「吼！」黑狗妖痛得發出驚天動地的嘶吼，牠身上的毛色也由黑轉紅，如熔岩般冒出熱氣與白煙。

「臭狗，終於現出真身了嗎？今天我一定要將你就地正法，以告慰我父母親在天之靈！」

「吼！」黑狗妖從嘴裡噴出熊熊烈火，眼看小金美麗的皮毛即將著火，她卻搶先一步縮小、回復人形，順利躲過黑狗妖的攻擊。

此舉令黑狗妖怒不可遏，牠像發了瘋似地張口噴火，木造的道觀瞬間化為煉獄，變成一片火海。

就在小金與黑狗妖戰得難分難捨之際，小黃、卓清揚、陳峰與三位村民則是悄悄地展開陣法布局。

依照小黃的計畫，卓清揚、陳峰與三名村民須手持象徵金、木、水、火、土的白色、綠色、藍色、紅色及黃色寶石，並站在小黃指定的位置上，等待他進一步指示。

失控的黑狗妖繼續亂噴火，火勢已是一發不可收拾。

當小金為了閃避黑狗妖口中噴出的火焰，再次從虎形變換為人形時，小黃將手中的捆仙索拋向小金，大喊：「接住！」

手持白色寶石的陳峰雙腳微顫、額頭冒汗。

眼看大火即將蔓延到自己腳邊，陳峰嚥嚥口水，閉上眼睛。

今天就是死在這裡，也是我罪有應得，只是又連累了卓大夫。

唉，卓大夫，您的大恩大德，小人只有來世再報了！

陳峰深呼吸一口氣，做好馬上要被燒死的心理準備，不過他已經連續深呼吸第六次了，腳上卻沒有半點炙熱或燒痛的感覺。

怪了？怎麼會這樣？

陳峰睜開眼睛，對於前所未見的奇異現象大感意外。

他的身體壟罩在一股白色光芒中，神奇的白光不僅將延燒到他腳邊的大火阻絕在外，更進一步逼退火勢，竟使熊熊烈火與他的身軀之間距離有一步之遙。

同樣的怪現象也發生在卓清揚與另外三位村民身上，他們的身體各自被綠光、藍光、紅光與黃光包裹，宛如神功護體，毫髮無傷。

小金穩穩地接住小黃拋來的捆仙索，接著低聲唸了一段咒語。

倏地，她的身邊刮起一陣大風，細雨從天而降。

眼看小金召喚出來的風雨即將撲滅火勢，黑狗妖卻不肯罷手，他張開大嘴，奮力噴出更多火焰。

小金又唸了一段咒語，捆仙索旋即幻化成一道金蟒，朝黑狗妖的頸部咬去，並用長長的身體緊緊鎖住牠的喉嚨及四肢。

黑狗妖發出痛苦的叫聲，牠試圖掙脫束縛，偏偏無論是往上跳、往下踏、往左撞或往右移動，都被一股五彩光芒狠狠地打回原位。

這小丫頭居然有能力設下如此強大的結界？

不，應該是老人家出手了，看來今天是天要亡我，我不甘心啊！

「惡狗！受死吧！」小金大吼。

風雨變得越來越強大，變成一道螺旋狀的水龍捲，團團包住黑狗妖，裹著牠飛上九霄雲外，最後消失不見。

6 臺語，形容女人兇巴巴、潑辣。

第九回　勇者傳說

村民們為了感謝小金的救命之恩，特別舉辦一場盛大的宴會，大家一起吃飯、喝酒、唱歌、跳舞，度過一個非常快樂的夜晚。

從此以後，英勇的小金打敗邪惡黑狗妖的故事，成為最受聽眾歡迎的說書段子，阿弟聽村長陳峰說了上百次，都還聽不膩。

文人雅士們也紛紛以小金的故事創作，譜寫成美麗的詩篇、動人的歌曲、精彩刺激的小說以及栩栩如生的畫作。

就這樣，小金的故事一代傳過一代，成為流芳百世的勇者傳說。

傳說五月十八日是小金的生日，於是人們每年都會在這一天舉辦慶典來紀念小金。

很久很久以後，時間來到現代。

在一個星光燦爛的夜晚，有一位長得和妹仔一模一樣的女孩，名叫宥宥，她捧著一本床邊故事集坐在床邊，唸故事給躺在床上，手上抱著一隻老虎玩偶的弟弟聽。

很巧的是，她的弟弟竟然也長得和阿弟一模一樣，名叫寧寧。

從前從前，有一位善良的虎族少女，她的名字叫做小金，她是所有孩子們的守護神。每到夜晚，她會打扮成老婆婆的模樣，拜訪那些爸媽不在家的小朋友，並且照顧他們，讓他們不再感到孤單與害怕。

她還幫助村民們打敗了會偷雞、偷豬、偷牛，還會吃小孩的黑狗精。

村民們很感謝小金的幫助，希望孩子們都能學習她的勇敢與善良，於是他們合力縫製許多虎頭造型的帽子與鞋子，將村子裡所有的孩子們都打扮成老虎的模樣。

某天夜裡，有兩隻黑狗精偷偷溜進村子裡想偷東西吃，但是當牠們看見那些打扮成老虎模樣的小孩時，還以為自己不小心走錯地方了，竟然不小心闖進虎族的地盤，於是牠們嚇得屁滾尿流，夾著尾巴狼狽地逃走了。

於是「穿老虎裝可以嚇跑黑狗精」這件事情在村民之間口耳相傳，而且一傳十、十傳百、百傳千，之後代代相傳、流傳千古。

從此以後，世世代代的爸媽們，為了保護孩子不被邪魔侵擾，就會在孩子滿月時，讓他／她頭戴虎頭帽、腳穿虎頭鞋、身上配戴老虎香包，手裡再抱著老虎布偶，希望他／她能變得健康、勇敢，就像傳說中的勇者「虎姑娘小金」一樣。

卷二　外傳

第一回　疑案追兇

「阿哲，你好了沒有呀？我要開始數數囉！」男裝打扮的小金站在一根大柱子前面，用右前臂蒙住眼睛。

距離小金約二十步之遙，一名年約五歲的小男孩小聲回答：「好了、好了，可以開始了！」

「一、二、三，木頭人！」小金迅速回頭張開眼睛，小男孩則像石化一樣，一動也不動。

「很厲害嘛！那我要加快速度囉！」

小金回頭閉眼，數道：「一、二、三……」

阿哲加快速度往前奔跑，小金喊出「木頭人」後，阿哲立刻停下腳步，卻一時重心不穩而跌倒在地，發出「唉喲」一聲。

小金衝向阿哲，將他從地上扶起來，「哎！你沒事吧？有沒有受傷？」

阿哲強忍淚水，說話的口氣就像個小大人一樣：「沒事，雖然有點痛！」

「痛就哭出來啊，幹嘛害羞？」

「不行，我是大哥哥了，我要勇敢！而且哭的話，我怕會吵醒總管爺爺。」

「大哥哥？你有弟弟或妹妹了嗎？」

「小媽說，她會生一個弟弟給我。」

「那太好了，以後就有人陪你玩了。」

「好是好，但我有了弟弟之後，小金哥哥你還會來陪我玩嗎？」
「當然啊，只要你需要我的時候，我就會來。」
「真的嗎？」
小金伸出小拇指和大拇指：「真的，我們打勾勾，一言為定。」
阿哲用大拇指壓住小金的大拇指：「蓋章！」
突然間，天上傳來一陣烏鴉叫聲：「啞──啞──啞──啞──」
這是小金與附近的烏鴉們約定好的暗號，當這個家裡有大人進來的時候，牠們就要趕快通風報信，不然就會變成烤小鳥。
「你的家人回來了，快！你快回房裡上床睡覺，我先從後門離開，下次見囉！」
「小金哥哥再見！」阿哲笑著對小金揮揮手。

王府大門前，王府老爺王正仁拉著卓清揚的手，依依不捨道：「清揚老弟啊，你真的不進來家裡坐坐？你大嫂回娘家省親，每次都要三、五天才會回來，今晚就我一個人睡，孤枕難眠啊！我藏了兩瓶上好的玉露，一起來舉杯邀明月？」
「感謝王兄邀請，不過天色已晚，我得趕緊回家看顧我那兩個孩子了。」
「不然喝杯茶？我剛入手一套全新的工夫四寶，白泥風爐搭配白泥玉書煨，朱泥孟臣壺搭配青花瓷若深杯，你一定要試試，我來沏一壺上好的蓬萊山茶如何？」

「不了，王兄，多謝您的美意，但是我家阿弟膽子小，凡事都要纏著他姊姊，現在只怕又再吵鬧不肯睡，執意要等我回家。」

「小孩子嘛，都是這樣的，不過清揚啊，你真的不考慮考慮，替那兩個孩子再找個媽媽？孩子還這麼小，沒有媽媽照顧怎麼行？你說說看，我們縣裡要是有你喜歡的姑娘，不管是黃花大閨女、喪偶寡婦還是活人妻，你儘管開口，我這個做大哥的都可以替你做主，幫你準備聘禮，讓你上門提親。」

一聽到「喜歡的姑娘」，卓清揚的腦海裡頓時浮現小金的笑臉，但他旋即打消念頭，心慌意亂地搖頭推辭：「多謝王兄美意，清揚心領了。我現在只想一個人好好帶大兩個孩子，沒有成親的打算。」

「好吧、好吧，唉，那你路上小心，慢走！」

「王兄早點休息，在下告辭。」清揚作揖，離開王府。

卓清揚抬頭望向天空中的一輪明月，想起了一首詩。

雲想衣裳花想容，春風拂檻露華濃。若非群玉山頭見，會向瑤台月下逢。[7]

終於踏上回家的路，他終於感到一絲輕鬆。

雖然王兄待他甚好，但兩人之間終究還是橫著一道名為「階級」的鴻溝。因此在與王府上下往來時，卓清揚總是謹守分寸，無論言詞或行動都是小心翼翼。

王家與尹家是世交，自幼體弱多病的王正仁是在卓清揚的師父尹樑的悉心照顧下，才順利長大成人，因此王老爺子與太夫人都視尹樑為恩人，一心想和尹家結為親家。王家曾多次上門提親，希望靜姝能嫁給王正仁，尹樑卻再三婉拒。

師父仙逝後，照料王正仁的責任就落到徒弟卓清揚身上。儘管兩人身分有別，一位是世家公子、一位出身貧窮，但是年紀相仿，相處久了，自然而然也變得親近，甚至以兄弟相稱。

每季，卓清揚都會抽空進縣城採買一些高級藥材，再到王府幫王正仁、王夫人、王哲或王府的下人們看診，若王正仁有空，兩人還會一起去酒樓裡吃飯聊天。

自從靜姝過世後，王正仁便頻頻幫卓清揚介紹對象，催他續絃。儘管他一而再、再而三地婉拒，但他們每次見面時，王正仁依舊會不死心地再問他一次。

一年多前，王夫人意外病逝。百日之後，王正仁立刻以「王哲需要有人照顧、也需要有兄弟姊妹」為由，迎娶柳氏。

二夫人柳氏與王哲相處融洽，但她遲遲未能受孕，令王正仁著急不已。

然而卓清揚診脈後發現，她的身體其實相當健康，問題應該是出在王正仁身上。為了保全王正仁的面子，他只好開了個平補藥方，命人煎藥、一日兩回，給柳氏服用。

卓清揚並不清楚柳氏的出身與背景，王正仁與王總管從未向他提起，但她白淨小巧的瓜子臉以及抿嘴側眸的模樣，偶爾會讓他想起年少時期的靜姝。

他猜想，王正仁肯定也是在她身上看到了靜姝的影子。

打從靜姝過世的那天起，他一直以為，自己這一生除了靜姝之外，心裡應該再也容不下別人。但此時他的腦海裡竟然浮現小金的臉龐，令他大感意外。

「難道，我喜歡小金小姐？」卓清揚喃喃自語。

「你說你喜歡什麼？」

一個熟悉的聲音從背後傳來，卓清揚轉身一看，是一位身著錦衣、手持折扇的翩翩美少年，他的腰間上掛著一只金色繡花香囊，飄散出一股宜人沁香。而他笑眼彎彎、英姿颯爽的模樣，彷彿似曾相識，令卓清揚看得出神。

少年用折扇戳了卓清揚的肚子一下：「喂！發什麼呆呀？怎麼不說話？是我啊，小金。」

「小金小姐？妳怎麼會在縣城裡？還是這身男裝打扮？而且妳怎麼……長高了？」卓清揚印象中，小金的身高約莫是在他的肩膀的位置，不過今天的她，高度竟然在他的鼻尖。

小金挑眉，雙手抱胸道：「我來找朋友玩，穿這樣比較方便。哎！是我先問你話的，你怎麼不回答？你剛剛說你喜歡什麼？」

「我說……我喜歡在夜晚散步，妳看，今晚月色真美。」卓清揚手指天空，心虛地說。

小金抬頭看向天空，吐槽道：「這算什麼？我家蓬萊山山頂上的星空才美，我帶你去看，走吧！」

「等等！現在太晚了，我得回家顧孩子了。」

「不好了、不好了，卓大夫，老爺請您趕緊過來王府一趟。」

王府的總管王維臉色慘白、上氣不接下氣，看樣子是從府裡拚了老命飛奔而來。

「王總管，發生什麼事？您要不要先喘口氣再說？」

「少爺他……他在府裡遇害了！」

「什麼？快、快帶我過去看看。」卓清揚拉著王維快步向前走。

少爺？難道是王哲？還是跟過去看看吧！

小金拔腿追了上去。

王維帶著卓清揚與小金來到王哲房間，只見王正仁跪倒在王哲床邊，泣不成聲。

「清揚，你快看看阿哲，快救救他！」

王哲躺在床上，表情就像是睡著了一樣，卓清揚探了他的鼻息，已經沒有呼吸，再翻開他的眼皮，瞳孔放大，診脈的結果也是脈象全無。

卓清揚搖搖頭，對王正仁說：「王兄，請節哀順變。」

「不！老天爺啊！我就這麼一個兒子啊！你怎麼這麼狠心？就這樣斷我王家命脈？我的兒子啊！」王正仁崩潰得倒地大哭，暈了過去。

「王總管，快、快，先扶你家老爺回房！這裡就交給我吧！」卓清揚吩咐。

另外一個受到嚴重打擊的人是小金，她難以置信，剛剛還跟她一起跑跳玩耍，笑著打勾勾的孩子，如今竟然一動也不動，變成一具屍體。

她雙手握拳，強忍淚水與怒氣，在心中默想：「阿哲，我對天發誓，我一定會找出殺害你的兇手！」

卓清揚拍拍小金的肩膀，柔聲道：「妳還好嗎？對不起，竟然讓妳遇上這種事。」

小金搖頭，深呼吸穩住心情後，道：「竟然對小孩子下毒手，實在是太殘忍了，我不能袖手旁觀。」

於是卓清揚請小金幫忙端著燭台，在燭光的照映下，他開始仔細檢查王哲的屍體。

「他的身體尚有溫度，沒有屍僵，這表示死亡時間距離現在並不是太久。沒有其他明顯的外傷，但頭部側邊受到重創，造成頭皮撕裂、頭骨破碎。依傷口大小研判，應該有大量出血，但是這床褥上、房間裡，都沒有看到血跡，這表示兇手應該不是在這個房間裡犯案，而是先殺了人，再將屍體移到這裡，故布疑陣。」

「到底是誰？竟然如此狡猾。」

卓清揚繼續檢查王哲的頭部，在他髮隙之間發現一個染了血的乳白色細小碎片：「這個是？」

小金將燭火靠近一照，脫口而出：「這應該是瓷器的碎片，可能是個瓶或是甕。」

卓清揚點頭，「外觀看來確實很像。」

「我常常不小心打破阿嬤的收藏，需要毀屍滅跡，呃，清理現場，總之我有豐富經驗。」

「我們要先找到這只瓷器的擺放位置，那裡才是真正的命案現場，在現場應該可以找到更多蛛絲馬跡。不過我想先去看一下王兄的狀況，小金小姐，妳要一起過去嗎？」

小金搖頭：「你去看病人，我來找現場，我們分頭進行，這樣比較快。還有，不要再叫我小姐了，我現在是公子，金公子。」

「好，金公子，那我等一下再去找妳。」卓清揚速速前往王正仁的房間探視。

小金逐一巡查王府內各個房間。她站在房間門口，對著門縫、門檻、門把仔細地聞了又聞，並且一間聞過一間，最後佇足在一間房間門口。
哇！好濃的血腥味！看來命案現場應該就是這裡。
小金攔下一名路過的婢女，問：「姑娘，請問這間房間是？」
「啟稟公子，這間是老爺的藏書房。」
「我可以進去看看嗎？」
婢女面有難色道：「老爺吩咐過，閒雜人等不能進出。」
「妳叫什麼名字？」
「奴婢名叫秀蘭，秀麗的秀，蘭花的蘭。」
「秀蘭姑娘——」小金上前一步，急切地望著秀蘭的雙眼。
秀蘭害臊地低下頭，嬌羞道：「公子，叫我秀蘭就可以了。」
「秀蘭。」
「是。」秀蘭抬頭望向小金俊俏的臉龐。
「我能不請妳幫個忙，去你們家老爺房裡，請卓大夫過來一趟？」
「是，敢問公子尊姓大名？我好稟告卓大夫。」
名字？人類怎麼這麼麻煩啊？還要報上名來？那我到底該叫什麼呢？
秀蘭睜大眼睛等她回答，小金只好隨便亂取一個名字：「那個……我姓金，我叫金……秀……賢，和妳一樣的秀，讀聖賢書的賢。」
秀蘭燦笑道：「金公子請稍候，奴婢這就去請卓大夫。」

「好的，快去、快去！」

望著秀蘭逐漸走遠的背影，小金掏出脖子上掛著的白玉笛，輕吹一聲。

不一會兒，飛來一隻黃山雀在她頭上盤旋。

小金招招手：「小黃，我需要你的幫忙。」

「啾啾啾唧唧啾啾嘀啾唧咕啾？（現在是什麼情況啊？）」

「殺人案件。」

「啾咕唧啾唧嘀咕啾？（那我要幹嘛？）」

「我要抓兇手，今天不回家，你去想辦法幫我搞定阿嬤，你想買什麼書，我通通都買給你。」

「嘀嘀吱吱啾唧咕唧啾？嘀啾啾唧吱嘎啾唧啾啾咕唧！（居然想用書打發我？那我要買十本古籍，還要一本新編蓬萊島傳說故事集！）」

「買，都買，通通買給你，快去！」小金用力揮手送客，小黃旋即振翅高飛，朝蓬萊山方向飛去。

「那個，金公子？您在跟誰說話嗎？」

卓清揚從後面冒出來，旁邊還站著王總管，嚇了小金一大跳，她連忙搖頭：「沒有，這裡除了我之外沒有別人了！王總管，你來得正好，我們可以進去書房看看嗎？」

王總管點頭，上前打開房門，鞠躬道：「金公子、卓大夫，請。」

房間裡瀰漫著薰鼻的血腥味，小金循著氣味來源越過層層書櫃，一路走到房間的最深處，角落放著一座黃花梨木五層二門架格與一座黃花梨木大四件頂箱櫃，她拉拉卓清揚的衣袖，低聲說：「這裡，有血的味道。」

卓清揚端詳架格，架上放滿書籍，外觀並無異狀，就是一般的書架，但仔細一看就會發現，擺放上有些問題。

第二層左半邊的書籍頂部沾染著薄薄一層灰，但是右半邊的書上卻沒有灰，而且右半邊的書本外觀比左半邊新，明顯是不久之前才放上去的。

卓清揚再打開櫃子查看，發現櫃子裡的書全數朝右邊傾倒，顯然是有人急急忙忙將原本放在櫃子裡的書抽出來並移到上一層。於是他將層架右半邊的書放回櫃子裡，不出所料，剛剛好擺滿整個櫃子。

接著他關上櫃門，在燭光的照射下仔細查看架層表面，然後指著第二層最右邊的地方。

「王總管，這裡是不是應該放著一個瓷器，像是大罐之類的？」

「這裡啊，我想想……」

王總管陷入沉思，突然擊掌高聲：「對！這裡應該要有一個白瓷蓮瓣蓋大罐，配上一個檀香木座，還有一只老爺上個月剛剛入手的收藏品，叫什麼名字？我想想……啊！是月白牡丹梅瓶。咦？怎麼不見了？大罐和梅瓶，可都是老爺的心肝寶貝啊！」他的臉色慘白，開始擔心自己會被老爺究責。

如果兇手真是在這裡行兇，那麼這附近應該會有碎片。

卓清揚趴在地上，朝架格底部看去，果真有一片花生大小的碎片躺在地上。

他伸手小心翼翼地將碎片取出。不料他才剛剛起身，秀蘭卻突然走了進來，他只好將碎片偷偷藏在手掌心裡。

王總管越想越害怕，王府竟然在同一時間發生命案及竊案，此等安保疏漏，身為總管的他恐怕難辭其咎，若未能儘速抓到真兇，他的工作飯碗可能不保。

此時他忽然想起日前曾和隔壁方府的林總管聊天，林總管繪聲繪影地說起一件駭人聽聞的事情。

「卓大夫、金公子，小人聽說城外發生多起老虎吃人的命案，聽說蓬萊山上的老虎已經修練成精，會在夜裡假扮成老太婆的模樣入侵家戶、誘殺小孩。所以我在想，小少爺會不會是被老虎精給殺了？但是老虎精還來不及吃掉他，於是偷了值錢的東西跑了？」

又是老虎吃人？人肉鹹鹹的根本一點都不好吃啊！

小金氣得鼓起腮幫子，張大眼睛瞪著王總管。

她本想出言駁斥，但卓清揚卻搶先一步開口，搖頭道：「王總管，那種鄉野傳聞怎能盡信？」

「可是大家都說，那些小孩被吃掉的家戶裡地上有虎腳印，家具上、牆壁上也有虎爪抓傷的痕跡，還有──」

「您在府內的地上可曾見到虎腳印？」卓清揚問。

「這……」王總管想了想。

卓清揚又問：「在這間書房裡，可有發現虎爪痕跡？」

王總管尷尬地搖頭。

小金雙眼發亮看著卓清揚，原來他是一個遇事冷靜且明辨是非的人，應該是可以信任的朋友。

眼看氣氛陷入僵局，秀蘭決定出聲幫王總管解圍：「兩位公子、王總管，奴婢打擾了，老爺說天色不早了，請兩位先至客房歇息，奴婢已經收拾好房間，還請兩位公子隨我來。」

「謝謝秀蘭。」卓清揚說。

王總管拱手道：「小人思慮不周，還望卓大夫與金公子海涵。請儘早休息，慢走。」

「謝謝王總管，您也早點休息吧！我們明日再向您請教。」

咦？房間？只有一間嗎？

我和卓清揚兩個人要住在同一個房間？只有一張床嗎？

小金遲疑地望向卓清揚，他卻對她微笑點頭，眼神彷彿在說：「別擔心，有我在！」

你不擔心嗎？那我……我也不擔心！

小金深吸一口氣故作鎮定，大搖大擺地跟隨秀蘭前進。

秀蘭引領卓清揚與小金進入一間陳設簡樸的客房。

進門即是客廳，左右兩邊各有一個房間，房間內有一張床鋪與一套桌椅，別無其他。

小金發現有兩個房間、兩張床之後，鬆了一口氣。

「兩位公子請儘早休息，如果有任何需要，請儘管開口，奴婢就住在走道右方盡頭，最角落的房間，只要大喊一聲，我就會過來了。」

「謝謝秀蘭，勞煩了。」

秀蘭一走，心情鬱悶的小金立刻嘆了口大氣，再拿起圓桌上的茶壺幫自己倒了杯茶，一飲而盡。

「清揚，你手裡藏了什麼？」

「這個，我剛剛在架格下面找到的，那裡果然是命案現場。」

一片沾染血跡的乳白色碎片躺在卓清揚的手心中。

「你受傷了。」

卓清揚搖頭，「沒有，這應該是王哲的血跡。」

小金搖頭，「你們的味道不一樣。」

「味道？妳是指血的味道嗎？妳聞得出來嗎？」

小金點頭，從懷裡拿出一條白色手絹捏起碎片放在桌上，再抓著卓清揚的手腕，用手絹的角邊擦拭他手掌中的血跡。果然在月丘的位置上有一道淺淺的傷口，還微微滲血。

「這點小傷，沒關係的。」卓清揚想抽手，卻被小金壓制。

「你不要亂動。」

小金將手絹放在桌上，再從腰間拿出回天草藥膏，塗抹在卓清揚的傷口上，傷口旋即癒合。

卓清揚露出微笑，「謝謝，每次親眼看到回天草的功效，都覺得好神奇。」

小金卻搖頭，淚水在眼中打轉：「可惜，再怎麼神奇也沒辦法救王哲。」

卓清揚握住小金的手，克制內心想擁她入懷的衝動。

小金不打算向卓清揚多做解釋，以防身分曝光。但在外人面前總是故作堅強的她，此時再也無法壓抑淚水，難過地哭了起來。

看著小金身子顫抖、哭成淚人兒的模樣，卓清揚的心再也按耐不住。

他擁抱小金，輕輕拍著她的背，好言安撫她的情緒。

哭著、哭著，小金竟然像個孩子一樣，在卓清揚溫暖的懷抱中進入夢鄉。

卓清揚扶起小金，將她放到床上，再幫她蓋好被子。

他嘆了一口氣，不捨地用手指輕輕抹去掛在她眼角的淚珠。

望著小金的睡臉，他的心裡竟又再次出現一種強烈的熟悉感。

這怎麼可能？小金小姐出身尊貴，而我乃一介平民，我們怎麼可能見過面？

卓清揚啊卓清揚，你還真是癡心妄想。

良久，他起身走回自己房間。在燭光下仔細比對白色手絹中的碎片，以及王哲頭上的碎片，發現二者的表面色澤及斷面紋理一致，來源應為同一個瓷器。

翌日，卓清揚起了個大早，先向王總管確認他是否已從府裡派人到卓家幫忙照顧妹仔與阿弟，再回到客房，與小金一起吃完秀蘭送來的早餐。

接著兩人分別向秀蘭與王總管問了許多問題，最後重回命案現場調查。

兩人徹底搜索整間書房，連屋梁上的蛀蟲、角落的蜘蛛網也不放過，卻是一無所獲，卓清揚的表情難掩失望。

小金好奇地指著黃花梨木五層二門架格問：「清揚，你怎麼會知道這裡應該有一個大罐呢？」

面對小金的提問，卓清揚立刻打起精神回答：「妳仔細看，這裡是不是有一個顏色稍微深一些的圓形？這個深淺色差代表此處長期擺放某一個頗具分量的昂貴物品，而且很少移動。久而久之，周邊的表面因為清掃、擦拭會稍微有些褪色，但物品下方仍然保留原本的木色。再根據這個圓的大小判斷，應該是個大罐。」

小金點點頭：「原來如此，看來你並不呆啊！不如我們先來整理一下目前掌握到的線索吧。」

兩人走向王正仁的書桌，卓清揚磨了點墨，從筆架上挑了一隻筆，再拿起一張空白宣紙，準備記錄。

小金清了清喉嚨：「咳咳，根據王總管與秀蘭的說法是，約莫在酉時，你和王老爺出門後，秀蘭就開始哄王哲上床睡覺。待他睡著之後，大約是戌時，她才偷偷離開王府，回家送飯給意外跌倒、行動不便的母親吃。待母親吃完後，她才又悄悄返回王府。她說她是從後門進出，回到房間的時間，大約是亥時。接著約莫一刻鐘的時間，她聽到王老爺從前門回來，叫她過去。至於王總管，因為他受了點風寒，咳咳，於是提早在酉時就寢。根據他的說法是，他睡得不是很熟，但也沒聽到什麼尖叫聲之類的。一直到秀蘭過來叫他起床，他才知道出事了。」

卓清揚點頭。

「如果這兩個人說的都是實話，那麼他們都不是兇手。」小金說。

她確信他們倆沒有說謊，因為她就躲在後門旁邊的大樹上，親眼看見秀蘭出府後，她才從後門悄悄進入王府。

進府之後，小金率先潛入王總管的房間，查看他的動靜。

王總管說他睡得不熟，但其實他睡得超熟，而且鼾聲如雷，就連小金不小心在他耳邊打了一個嘖嘖，他也渾然不覺。

小金在王府裡陪王哲玩遍各種遊戲，直到烏鴉通報有人接近王府時，她才速速從後門離開。

她一直躲在大樹上，約莫兩、三盞茶的時間後，直到親眼看見秀蘭走進王府，她才放心離開。

卓清揚已畫好案件時序表。他拿起另外一支筆沾了點朱砂，道：「以我對王總管與秀蘭的多年瞭解，他們對王府一直都是忠心耿耿，應該不可能做出如此殘忍之事。所以這個凶手，我懷疑，應該是外部人。至於他的行兇時間，根據屍體狀況研判——」

「應該就是在秀蘭快要進府的時候。」小金說。

卓清揚點頭，在紙上畫了一個叉。

「這個凶手，他不僅知道應該從哪裡進出能避人耳目，還能在很短的時間內清理現場、搬運屍

體，也清楚王哲的房間在哪裡，是一位相當熟悉王府地理環境及府內上下行蹤之人。我覺得，這應該是熟人犯案。」小金說。

卓清揚點頭，「殺人滅口，不外乎是為了情、財、仇。但王哲還是個小孩子，恐怕兇手的目標不是他，而是他的父親，王正仁。」

「你比對過兩塊瓷器碎片了吧？凶器究竟是白瓷蓮瓣蓋大罐，還是月白牡丹梅瓶？」

「我請王總管描述它們的外型，並且畫下來了，妳看。」卓清揚從懷中掏出兩張紙，上面繪有兩件瓷器的模樣。

「這個月白牡丹梅瓶有瓶頸，拿來打人的話，比較順手好抓。至於這個白瓷蓮瓣蓋大罐，它的身體胖胖的，必須雙手捧著才行。若要單手以虎口扣住瓶口的方式拿起，還得先打開蓋子，直覺很麻煩。」

卓清揚點頭，「王總管說，白瓷蓮瓣蓋大罐價值不斐，檀香木底座也是重金禮聘老師傅做的雕刻。大罐與檀香木底座一起消失，我懷疑，兇手可能知道它們的價值，或是位風雅之人。」

「所以兇手到底是為了情與財、財與仇，還是以上皆是呢？我看我們還是先去找王老爺問清楚吧？」

卓清揚搖頭，「王兄現在精神狀況不好，禁不住刺激，我們還是再去問問王總管吧！」

於是小金與卓清揚又來到王總管的房間裡。

「王總管，請問老爺近期是否曾與他人結怨？」

「卓大夫，我家老爺的個性您也清楚，就是心直口快又愛誇口炫耀，常常在不經意的情況下誤傷人心，但應該還不至於到與人結怨的地步。不過老爺前陣子確實有件煩心事，我不知道該不該說。」

「王總管，您就直說吧，任何可能的線索我都不想放過。」小金道。

「是。府內有個長工，名叫王柱，人是勤快老實，偏偏貪杯、好女色又愛賭博，而且屢勸不聽。大概三個月前吧，兩名債主找上門來，逼他還錢，他便央求老爺預支薪資五百文錢，老爺不肯，他便在眾人面前大聲咒罵老爺無臉。」

小金聽得直搖頭，「怎麼會有這種無賴？那您家老爺不就氣瘋了？」

「當然，於是老爺就對他的債主說：『他要是還不出錢來，你們就毆打他送官吧！別來我王府鬧！』說完就讓家丁將人請出去了。」

「王柱我有點印象，人如其名，高高壯壯的。他人呢？我想找他問話。」卓清揚說。

「他已經在不在王府裡了，上個月底他工滿遣出後，聽說現在在碼頭打零工。」

「那除了王柱之外，您還有想到其他人嗎？」小金問。

王總管搖頭，「小人目前只想到王柱。」

「您再想想？」

王總管面有難色直搖頭。

「好吧，您認真想、用力想，想到再跟我說。」

「是，公子。」王總管點頭拱手。

「謝謝王總管。金公子，不如我們現在就去碼頭邊會會王柱吧？」

「走！」

嘈雜的碼頭非常擁擠，漁獲叫賣與喊價的聲音此起彼落，岸邊堆滿貨物，工人們忙著搬貨、卸貨；牛車、馬車與手推車來去穿梭。

卓清揚與小金多方詢問後，終於找到正在前方船邊卸貨的王柱。人高馬大的他在工人之中顯得鶴立雞群，他上半身打赤膊，皮膚黝黑、身材結實。

小金迫不及待想上前問話，卻被卓清揚一把從後面拉住：「等等，先別衝動。」

小金皺眉，「你攔我幹嘛？我們不是要去找人問話嗎？」

「這樣貿然上前問話，只怕他不會據實回答。若是發生衝突，恐怕我們兩個人都不是他的對手。」

小金嘟起小嘴，雙手插腰道：「我都還沒問呢，你怎麼知道他不會配合？而且我都還沒動手，你怎麼知道我打不過他？你可別以貌取人啊！」

「對不起，但我有個想法，希望妳幫忙……」卓清揚在小金耳邊低聲道。

王柱蹲低身子，準備要將放在地上的貨物搬上手推車，小金走到他面前，伸手按住他的肩膀，低頭詢問：「你就是王柱嗎？我們老闆有話要跟你說。」

「你沒看到我正在忙嗎？」

王柱伸手用力一撥，不料小金的手勁極強，緊緊壓住他的肩頭，令他動彈不得。

怎麼回事？一個小傢伙居然有這麼大的力氣？

接著他感到一陣涼意，有個冰冷的東西抵在他的脖子上，一個低沉的嗓音問道：「你欠我的錢，什麼時候還啊？」

王柱一聽，瞬間臉色大變，聲音顫抖：「是張老闆嗎？小人這個月底一拿到工資就馬上還錢。請您高抬貴手，再多寬限幾天吧！」

「你在王府當了這麼久的長工，沒有功勞也有苦勞，不如你去向王老爺借錢還我，我就免你一半的利息，如何？」

「小人上個月工滿遣出後，老爺便下令不准我再踏入王府半步，我要是去了，肯定在門口就會被趕出來。」

「王老爺這麼對你，你肯定是懷恨在心，恨不得偷偷潛入王府、殺他全家吧？」

「冤枉啊！小人豈是忘恩負義之人？我在王府待了五年，雖然老爺和王總管對我十分嚴厲，但二夫人與小少爺都對我很好。」

「說，你昨晚戌時到亥時之間在哪裡？我怎麼四處都找不到你？」

「小人在家裡，哪裡都沒去。」

「你騙人！要我斷你一隻胳膊嗎？」

卓清揚向小金使了個眼色，於是小金五指用力一掐，痛得王柱跪地求饒：「唉喲！痛、痛、痛啊！是真的，這幾天碼頭一早就有工作，小人每晚亥時未到就上床睡覺了，真的哪裡都沒去！」

卓清揚厲聲道：「你可有人證？」

「江山樓的店小二吳英才，他包了一些剩菜還帶了一壺酒到我家，待了約半個時辰才走。」

卓清揚收起隨身攜帶的小刀，對小金微微點頭。

小金立刻眨眼回應，於是卓清揚大聲道：「我這就去問吳英才，要是被我發現你在說謊，我就……」卓清揚一時語塞，緊張地摸摸鼻子，畢竟這種假意威脅他人的行為，他還是生平頭一遭。

「把你丟到海裡餵鯨魚！」小金一掌拍上王柱的額頭，王柱頓時眼冒金星、重心不穩向後倒地。

卓清揚立刻拉著小金快步向前，混入人群之中。

兩人迅速回到城裡，忽然飄來一陣食物的香氣，小金的肚子立刻不爭氣地咕嚕咕嚕叫，聲音大到連卓清揚也聽到了。

望著小金尷尬的笑容，卓清揚溫柔地說：「真是讓妳受苦了，江山樓就在前面，我們先去飽餐一頓再說吧！」

江山樓的牆上掛著一塊匾額，寫著「遠近馳名」。由於過了午餐時間，酒樓裡空蕩蕩的，但卓清揚還是選擇坐在角落最隱密的位置。

「兩位客官請上坐，菜譜都寫在牆上，今天想來點什麼？」店小二問。

「小二，先來一壺茶，再來一條清蒸鮮魚、半隻烤鴨、花生蹄膀、炒水蓮菜、兩碗白飯和兩塊肉鬆餅。」

「好的，馬上來！」

「這裡你很常來嗎？怎麼好像很熟的樣子？」

卓清揚點頭：「王兄帶我來過幾次，這裡的烤鴨和蹄膀非常好吃，待會兒妳多吃點！」

小金指著店小二問：「他就是吳英才嗎？」

「應該就是他了，別急，我們先吃飽再說。」

不一會兒，桌上便擺滿了美味菜餚，還附贈一碟醃黃蘿蔔。

「哇！好香啊！我要開動囉！」

卓清揚點頭，夾了鴨腿放到小金的碗裡：「快吃！」

小金果真是餓壞了，只見她用手抓起鴨腿，三兩下便啃得乾乾淨淨，連一丁點皮肉都不剩。

卓清揚又夾了一塊蹄膀給她，她才終於拿起桌上的筷子，以橫掃千軍之姿，一一消滅盤中飧。

看著她閃閃發亮的眼神與心滿意足的笑容，卓清揚也不自覺露出微笑。

小金的笑容彷彿是一道春日暖陽，使他心中所有的煩悶不安，皆如融雪般消失。

真希望每天都能見到小金小姐笑得如此開心。

「小二！再來一斤肉！一壺酒！」

「來壺熱茶！一盤綠豆糕！」

「加一條紅燒魚！」

此起彼落的點菜聲將卓清揚拉回現實，他這才發現原來在不知不覺中，店裡竟然陸陸續續湧進許多客人。如今整間江山樓已是座無虛席，杯觥交錯，熱鬧非凡。

莫非小金小姐有招財的神力？

「呼！吃太飽了！」小金話才剛說完，緊接著又拿起肉鬆餅，一口放進嘴裡咀嚼，再喝了一大口茶，暢快地發出「哈」的一聲。

「小二！」卓清揚舉手呼喚。

「客官稍等，我先幫隔壁桌送個茶，您要再加點什麼嗎？」

「你就是吳英才嗎？能否耽誤你一點時間？」卓清揚問。

「是，小人吳英才。您就是常和王老爺一起來本店光顧的卓大夫吧？」

「你認得我？」

吳英才笑笑：「小人見過您幾次，自然記得。」接著他壓低音量問：「您應該是為了王府的事情而來？」

「你怎麼知道？」

「消息一早就傳開了，唉，可憐的小少爺，到底是哪個狼心狗肺的惡人，竟然對小孩子下手。」

「對了，昨晚你在店裡嗎？怎麼我路過店門口的時候，好像沒看到你？」

「咦？你們該不會懷疑我是兇手吧？我和王府可是一點關係也沒有。」吳英才搖頭又搖手。

「昨天晚上戌時到亥時之間，請問你人在哪裡？」小金單刀直入地問。

「我想想……昨天我從中午開始就在店裡忙了，一直忙到戌時左右，先將店裡交給掌櫃的看顧，再到廚房旋了一壺酒、包了點剩菜，去朋友家拜訪，大約待了半個時辰。他叫王柱，曾經是王府的長工。哎呀！您該不會懷疑兇手是王柱吧？」

小金又問：「聽說王柱對王老爺有所不滿？」

「唉，那是因為王老爺不肯借他錢，又將他工滿遣出，他確實很不滿，畢竟現在有得吃又有得住的工作越來越不好找了。不過我和王柱從小是穿同一條褲子長大的，我敢保證，他就是嘴上罵一罵、發發牢騷而已，應該沒有膽量殺人。倒是……有個人我覺得挺可疑的。」吳英才環顧四周，深怕被別人聽到。

「直說無妨。」卓清揚說。

吳英才悄聲道：「店裡有個常客，名叫柯棋，前陣子他在店裡發酒瘋，說要殺了王老爺。」

「他是什麼來歷？」卓清揚問。

「聽說他以前是梁山盜匪，後來改做走私貿易。三年前，柯棋娶了大地主莊員外的女兒。這個莊小姐，可是名聞縣城的大美人，多少達官貴人的公子上門求親都被莊員外拒絕了，不知道這個柯棋到底是用了什麼手段，竟能讓莊小姐點頭下嫁。聽說莊小姐的嫁妝是城外西南溝邊的二十五甲良田，但柯棋嫌那塊地太小，蓋了住家之後剩不到一半大，所以希望莊員外能把旁邊的二十甲田地也一併給他使用，或者讓他租用，但是莊員外說他想自己闢個園子，種花養鳥，所以沒有答應。沒想到不久之後，莊員外聽信命理師之言，說他今年太歲當頭，必須大破財，否則性命難保，又說什麼破歲方在西南方，不宜動土，否則就是在太歲頭上動土，必招凶險，於是莊員外就用很便宜的價格將西南溝邊那二十甲良田都賣給了王老爺。據說柯棋知道後，非常不高興。」

小金不解，「冤有頭、債有主，柯棋要算帳，也該去找他的丈人爸呀，怎麼會想殺了王老爺呢？」

「聽說王老爺在那塊地上養豬，豬崽子常常越界跑到柯棋的地上挖地又拉屎，還破壞菜園，弄得又臭又亂。某天，柯棋在盛怒之下殺死了一頭小豬作為警告，沒想到隔天王老爺竟然又買了十頭豬來養，好像存心想跟他過不去。」

「看來柯棋也有殺人嫌疑，我們去問問他。」小金對卓清揚說。

「柯棋是個火爆浪子，過去又曾經是殺人不眨眼的盜匪，安全起見，小的建議兩位大人，還是靜待官府出面調查吧？」

卓清揚搖頭：「我答應了王老爺，一定要親自抓到兇手。」

小金笑笑：「別擔心，我會保護他。」

吳英才拱手道：「還請兩位大人務必小心。」

步出江山樓後，卓清揚抬頭望向天空，竟是天色灰濛、陰雲密布。

小金聞聞空氣道：「好像快要下雨了。」

卓清揚點頭，「天色已晚，不如我們明日一早再出城去會會柯棋，如何？」

「也好，那我們現在是要回王府，還是？」

卓清揚手指前方，「孔廟附近有間青草鋪，店主陳老闆和王老爺是好朋友，我想去拜訪他，妳願意陪我去嗎？」

小金點頭，心想正好可以藉機逛逛市集。

「豆花，綠豆豆花！」

「糖葫蘆，好吃的糖葫蘆！」

「包子，鮮肉包子！」

「花生糖，來買花生糖喔！」

市集上充滿食物的香味，小販的叫賣聲此起彼落；左右兩排攤位上各種五顏六色的商品，有賣布的、賣鞋的、賣畫的、賣首飾的、賣南北貨的……看得小金眼花撩亂。

「前面再過兩條街，就是青草鋪了。」

卓清揚說完轉頭一看，原本一直走在他身邊的小金竟然不見了。

他緊張地四處張望，卻沒看見她，於是他立刻往回走，穿梭在人群中，焦急地尋找小金的身影。

畫糖人拿著一根大杓子，從熱鍋裡舀了一匙麥芽糖，倒在白色的石板上，接著用一根細木棍迅速在糖上勾勒出線條。彈指之間，石板上就出現一隻栩栩如生的幻之蝶，緊接著又來了一尾活跳跳的錦鯉與一朵綻放的牡丹花。

畫糖人的神乎奇技，觀眾紛紛鼓掌叫好，小金也看得目不轉睛，忍不住掏出三枚銅板，開口下訂：「師傅，你畫隻大老虎給我吧！要很帥氣的，千萬不能畫成病貓。」

「好的！」
「原來妳在這裡！」
小金轉頭一看，卓清揚的額頭上布滿汗珠，強笑中帶有一絲驚惶，想必是因為找不到她很是驚慌。
「對不——」
「公子，老虎畫好了！」師傅將竹籤放在老虎身體中央，再用鐵片將畫糖與石板分離，遞給小金。
她笑著接過畫糖，仔細端詳一番，發出讚嘆：「哇！畫得真好！謝謝師傅。」
小金轉身走向卓清揚，一名布衣男子立刻上前占據她讓出的位置，掏出銅板大聲道：「師傅，我要畫一匹駿馬！要赤兔馬！」
「我要一隻仙鶴！」一名女子舉手道。
「叔叔我也要，幫我畫一隻小兔子。」一名小孩說。
「我家孩子想要一隻小老虎！」
小金一臉愧疚對卓清揚說：「抱歉讓你擔心了。」
卓清揚不介意，搖頭微笑，「沒事。」
「那好，你再等我一下。」
她轉身走向一名站在牆角邊、衣不蔽體的小孩，他正眼巴巴地望著小金手上的老虎畫糖，表情很是羨慕。

「這個給你，還有這個，去買件衣服和鞋子穿吧。」

小孩怯生生地接過小金遞來的老虎畫糖與碎銀子，一連三鞠躬後，開心離去。

「我們繼續向前走吧？」卓清揚說。

小金點頭，一手拉著卓清揚的衣角：「這樣就不怕走丟了。」

卓清揚與小金走進陳青草舖，店裡卻空無一人。

卓清揚點了一下櫃檯上的銅鈴，「有人在嗎？陳老闆？」

「來了！」陳老闆從裡面房間走出來。

「原來是卓大夫啊，今天想買什麼藥草？還是您又想來破解我的祖傳祕方？這位是？」陳老闆上下打量著小金。

「這位是金公子，這位是陳老闆。我今天來，純粹是來找你敘敘舊的，先來兩杯青草茶吧！」

「好，兩位旁邊坐，青草茶馬上來。」

卓清揚與小金在櫃台邊的桌椅坐下，陳老闆端來兩碗冰涼的青草茶，大聲地說：「公子第一次來，我先自我介紹一下，我叫陳慶堂，這青草茶是我們陳家的祖傳祕方，清熱解毒、利尿除溼，還能退肝火，您喝喝看，如果覺得太苦，我再幫您加點上等的蜂蜜。」

卓清揚率先拿起碗，喝了一口，道：「仙草、魚腥草、咸豐草、狗尾草、鳳尾草、甘草、桑葉、薄荷，嗯……是不是還加了車前草？」

「都說了是祖傳祕方，您怎麼每次來都要問？別問了，打死我也不會說，您就別浪費時間了，還是專心喝茶吧！」

「裡面傳來一個很香甜的味道，是什麼呢？」小金手指向櫃台後面的房間問。

「公子真是虎鼻師，我剛剛有點嘴饞，在廚房炸了點白糖粿，才剛剛炸好，兩位要是不介意，就一起享用吧！」

陳老闆送上一盤撒上白糖與花生粉的炸糯米糰子，小金的眼睛頓時閃閃發亮。

好香啊！原來這就是白糖粿？白白嫩嫩的真可愛，好像嬰兒的小拳頭。

她迫不及待地伸手抓了一塊白糖粿送進嘴巴。

哇！外酥內軟、香甜可口，這個花生配上糯米，真是太好吃了！

貪吃的小金速速嚼完嘴裡的白糖粿，立刻又再吃了一塊。

卓清揚提醒：「別吃太快，小心噎到，先喝口茶吧！」

小金捧著碗，喝了一大口青草茶，旋即皺眉吐舌。

嘖！好苦喔！這是草的味道嘛，原來人類喜歡喝草啊？也太奇怪了。

她趕緊抓起一塊白糖粿，塞進嘴裡解解苦。

眼看小金沉浸在白糖粿的美味中，卓清揚轉向陳老闆說明來意：「王府的事情你聽說了嗎？」

陳老闆點頭：「唉，請幫我和王老爺說聲節哀順變。」

「我和金公子受王老爺請託，正在調查過濾所有可疑人物，如果你知道些什麼，拜託請告訴我。」

「唉，都是典賣絕賣不分惹的禍。」

點麥？嚼麥？

小金搔頭：「那是什麼？」

卓清揚解釋：「是指土地買賣的意思。典賣，也叫活賣，典賣的價金低於土地價值，因此賣方有權在典期之內給付典賣價金給買方，以贖回土地。絕賣，又叫做死賣，絕賣的土地價金多半已相當於土地價值，因此賣方無權再要求找價，或是回贖土地。」

「原來如此。」小金心想，人類的規矩還真複雜。

陳老闆接著說：「問題就出在這典賣或絕賣，有時買賣雙方沒說清楚，或者沒有白紙黑字立下杜賣盡絕根契[8]，最後就變成各說各話，甚至對簿公堂。」

「這跟王老爺有什麼關係？」小金不解。

「王老爺大約在五年前買了一塊地，說好是絕賣，他也一次付清所有價金，豈料隔了一年，對方跑去萬美樓裡找王老爺，說他們當初的買賣是典賣，要求他付找價，否則就要贖回土地。」

「豈有此理？那王老爺有付錢嗎？」小金問。

「付了，聽說他那時三天兩頭就跑去萬美樓裡鬧，鬧得王老爺與萬老闆都不堪其擾，王老爺只好依對方要求的找價，付了一半給他。」

卓清揚撫頷道：「啊，這事情我好像聽王兄說過，難道對方之後又來勒索？」

「對，應該是去年年底吧，王老爺來我這裡喝茶，發了好大一頓牢騷，說對方竟然又來要找價，還說他要是不給，大家就官府見。」

「這個人簡直不可理喻！」小金搖頭。

「唉，公子有所不知，這和小農們的面子問題有關。這祖宗傳下來的土地，是父祖輩辛勞一輩子換來的，只能典、不能賣，否則傳出去多見笑？但是兒孫輩已經窮得快活不下去了，除了賣地也沒有其他辦法，只好心不甘情不願把地賣了，想著以後有錢再把地買回來。賣地的時候，總覺得自己賣得太便宜，被買家占了便宜。沒想到賣地之後沒幾年，又需要用錢，卻已無地可賣，只好反悔不認帳，硬是指賣為典，看看能不能再從買家那裡多拿一些錢。說到底，也是為了生活。」

「原來如此。看來這個無賴傢伙也有殺人嫌疑，你說他叫什麼名字？住哪裡？」小金問。

「他叫李盤，就住在城外西南溝邊六十里的李家村。」

卓清揚與小金對看一眼，心想怎麼又是城外西南溝邊？一個李盤，一個柯棋，這兩人該不會合謀下了一盤大棋吧？於是他開口詢問：「陳老闆，請問你對柯棋有什麼認識？」

「柯棋嗎？認識不多，只知道他以前是盜戶出身，後來變成商賈，賺了很多錢。不過莊府的前任總管是我表舅，之前我常常去莊府送藥草給他，幫他調養舊疾，偶爾陪他喝兩杯，聊聊天。」

卓清揚再問：「我有一事不解，莊家家世清白，素聞莊小姐知書達禮、才貌雙全，為何莊員外會將她下嫁柯棋？」

「喔？所以你也認識大美人莊小姐啊？」小金斜眼望著卓清揚。

卓清揚眼神無辜，連忙否認：「沒有、沒有，我不認識她，只是以前聽王兄提過，但我從來沒見過她。」

「我倒是看過莊小姐幾次，真是沉魚落雁、閉月羞花，有她在的地方，連空氣都是香的！」陳老闆眼睛發亮。

小金嘀咕：「那有什麼了不起，哼！我可是魚潰鳥散、聞風喪膽，有我在的地方，連妖魔鬼怪都不敢靠近。」

「啥？」陳老闆聽不明白，一臉疑惑。

卓清揚趕緊拉回正題：「所以她到底為什麼會嫁給柯棋？」

陳老闆低聲道：「聽說莊小姐之前得了一種怪病，病發時畏日懼火，而且食慾全無、滴水不沾，最後變得面如枯槁，人不像人、鬼不像鬼的樣子。莊員外重金禮聘四方名醫幫她看診，大夫們卻都束手無策，沒想到竟然被柯棋治好了，為了報答他，莊小姐決定以身相許，莊員外也沒有反對。」

「畏日懼火、面如枯槁，莫非是……」小金有種不祥的預感。

此時傳來一陣低沉雷聲，卓清揚連忙起身出店察看。

天空烏雲密布，降下細雨。

「兩位是要打傘步行，還是我去備輛馬車，送你們回府？」陳老闆問。

卓清揚望向小金，小金回答：「我們打傘就好，謝謝陳老闆，告辭。」

「老闆，一杯青草茶！」三名男子同時走進店裡，異口同聲。

「你先忙，告辭。」卓清揚拱手道。

卓清揚與小金各打一把傘，漫步朝王府方向前進。

「我們今天早點休息，明天一早再出城去調查柯棋，還有李盤。」

小金點頭，接著突然停下腳步，轉頭朝斜後方的雲來客棧走去。她注意到有個小女孩在客棧屋簷下躲雨，表情很是著急。

小金走近，微笑詢問：「小妹妹，妳怎麼了啊？」

「我想要回家，但是下雨了。」

雨勢不大，但小女孩卻不願冒雨回家，必然有什麼原因。

「妳這身新衣服還有鞋子真好看，是妳阿娘幫妳做的嗎？」

小女孩笑著點頭，指著腰間的藕色拼布香包：「還有這個香包，也是我阿娘做的。」

「真好看，妳要好好珍惜喔。我小時候，我阿娘也縫過一個金色的錦囊給我，可是我不小心弄丟了，而且怎麼找都找不回來。所以妳是怕弄髒衣服、鞋子和香包，才決定要在這裡躲雨嗎？」

小女孩點頭，淚水在眼眶裡打轉：「但是阿爸說我不能太晚回家，否則明天就不帶我去廟口看布袋戲了。」

「這雨暫時不會停，妳在這裡等太久會著涼，我的雨傘給妳吧，妳明天再幫我拿去還給那邊青草鋪的陳老闆。」小金將傘交到小女孩的手裡。

小女孩點頭，開心道謝：「謝謝哥哥。」

小金對她揮手一笑，轉過身卻差點撞上卓清揚的下巴，卓清揚高舉雨傘置於她頭頂之上，但他自己的肩膀與後背卻在淋雨。

「我沒關係，倒是你，衣服都淋溼了。」

卓清揚微笑，用手拂去小金髮絲上的雨珠。

「我沒關係，妳比較重要，我不能讓妳淋雨受寒，我們走吧？」

小金點頭，笑得甜蜜。

隔天用完早餐後，卓清揚和小金便策馬前往城外西南溝邊。

兩人走進村子，感覺眼前的景象相當詭異。

烏雲蔽日、天色昏暗，路上空蕩蕩的一個人都沒有，兩邊的家家戶戶高掛白色燈籠，而且門窗緊閉。

所有的門聯、紅紙都被撕去，門板上貼著白紙，上面寫著「嚴制」、「慈制」或「喪中」。

突然間，一陣冷風襲來，捲起了一地不是落葉，而是黃紙。

漫天冥紙飄散在空中，如驟雨般落下，令人怵目驚心、毛骨悚然。

卓清揚與小金對看一眼，有種不祥的預感。

「我們找個人來問問吧，看看這裡到底發生了什麼事？」小金說。

卓清揚點頭。

他們走到一戶人家門口，卓清揚上前敲門，卻無人回應。

「有人在家嗎？」卓清揚大聲詢問。

「您好，打擾了！有人嗎？」小金也問。

奇怪的是，他們一連走訪十戶人家，卻沒有一家有人前來應門。

「怎麼會這樣?大家都不在家嗎?」小金搔頭。

卓清揚也很訥悶,正當他要敲下第十一家的門板時,門卻突然「嘎」的一聲自己打開了。

小金注意到這家門上沒有貼白紙,一塊掛在門口的牌子上面寫著「柯府」。

「咦?這裡會不會就是柯棋的家?」

「進去看看?」

小金點頭,於是卓清揚便大膽地跨越門檻走了進去。

詭異的是,偌大的柯府裡空盪盪地,竟然一個人也沒有。

小金與卓清揚走上跨越魚池通往主樓的石橋。石橋兩旁楊柳依依、隨風搖曳,池水如鏡,綴以荷葉點點,更有黃、白、紅、黑四色錦鯉悤遊其中。池中有一座四腳亭,池邊還有一葉扁舟,只可惜天色昏暗、闃無人聲,而且氣氛詭譎,令人無心欣賞園林造景之美。

「清揚你快看,主樓裡好像有燈火?」小金指向前方。

卓清揚定睛一看,確實有微微燭光從主樓一樓右方的窗紙中透出。

「我們走快點。」卓清揚牽起小金的手,兩人快步走向主樓。

一踏進主樓,小金旋即皺眉,空氣中飄散著一股難聞惡臭,像是生肉腐爛的味道。

於是她捏住鼻子,轉頭看向卓清揚,但他的表情如常,顯然並未察覺到異狀。

人類的感官能力竟如此差勁?他們到底是怎麼從遠古時期生存下來的啊?

兩人悄悄地走向右方角落房間。

房門半掩，門縫中透出一絲燭光。卓清揚輕輕推開門，只見一名老婦人背對燭火，低聲啜泣。

「打擾了，我們是來找柯老爺的，請問您能幫忙引見嗎？」卓清揚說。

老婦人沒有回頭，但舉手指向主樓後方。

「多謝指路，打擾了。」

卓清揚與小金轉身離開房間，小金回頭想再看老婦人一眼，房門卻「吱」的一聲自動關上。

奇怪，真是太奇怪了。

窗外的天色變得更加陰沉，兩人穿越長長的廊道，快步走向主樓後方。

一路上，空氣中的臭味益發明顯，小金大感不妙，於是她拿出掛在脖子上的白玉笛輕吹一聲。

突然間，在一片寂靜之中，出現不尋常的聲響。

「叩叩叩。」

小金與卓清揚一起停下腳步，四處張望，尋找聲音的來源。

「叩叩叩、叩叩叩。」

小金指向前方，通往主樓後方的黑色大門上了門栓，而門的後方竟然傳來敲門聲。

「叩叩叩、叩叩叩、叩叩叩……」

卓清揚望著小金，不知如何是好，他的直覺告訴他，這扇門恐怕不能輕易打開。

小金眉頭深鎖，她非常肯定那股腐爛臭味的來源就在那扇門後面，但是隱藏在門後面的未知與挑戰是否應付得來，她也沒有把握。

哎呀不管了，有樹就爬、有河就游、有火就跳，打輸就逃，只能這樣了！

於是她鼓起勇氣推開門閂，再用力拉開右邊門板。

「軋」的一聲，門打開了。

一股巨大的惡臭味鋪天蓋地襲來，這下子連「鼻子不好」的卓清揚都聞到了，他立刻屏住呼吸，率先跨越門檻。

如今天色昏暗，還罩著一層薄霧，但依稀可見四周空無一人。

前方是一座花園，養了一些花草，還有三座比人還要高的鳥籠。

正中央有一棵枝葉繁茂、盤根錯節的大榕樹，應有百年以上的樹齡。榕樹後方則是一片視線不清的灰濛濃霧。

卓清揚感覺腳下踩到一些硬硬的東西，貌似石塊，但他低頭一看，卻又看不出來究竟是什麼。

接著他用力一踩，「啪」的一聲，這個東西竟然被他踩碎了。

他繼續往前走，又踩到一個類似的東西，這次他輕輕地移開腳，準備蹲下去仔細查看時，卻被小金叫住：「你看這個。」

小金站在鳥籠前面，拿著一束長長的羽毛，羽毛前端有著藍綠色的眼圈紋。

「這是孔雀的羽毛，但怎麼沒看到孔雀？」

小金神色哀戚地指向卓清揚的腳邊，於是他蹲下一看，卻嚇得跌倒在地。

原來那些硬硬的東西不是石塊，而是孔雀的頭顱，而且乾乾黑黑的，如乾屍一般。

忽然一陣狂風吹過，樹葉沙沙作響，卓清揚瞪大眼睛指向小金後方大叫：「小心後面！」

小金回頭一看，大霧之中竟然出現一道道移動的黑影，發出如野獸般的低吼。

「是殭屍！快跑！」小金大喊。

卓清揚從地上爬起來，轉身朝大門跑去，不料門卻「碰」的一聲被關上了，接著又是「哐噹」一聲，門竟是上了門閂。

「喂！開門啊！喂！開門！」

卓清揚握拳「碰碰碰碰」地用力敲打門板，高聲喊叫，卻未獲回應。

他焦急地回頭一看，小金已被近百名殭屍團團包圍，寸步難行。

怎麼辦？如果在清揚面前變身，肯定會嚇到他，但不變身，又該怎麼從這群殭屍中脫身？

小金再次拿出白玉笛，用力吹了一下。

怎麼辦？小金小姐有危險了！我該怎麼辦？

此時卓清揚忽然想起，師父曾經說過自己年輕時在亂葬崗遇到殭屍的故事。

「清揚你要記住，殭屍怕火，只要有火，它們就不敢靠近。」

急中生智的他，從地上撿起兩根粗樹枝，並迅速脫下腰帶與外褂，將外褂扭成長條狀，綁在一根樹枝上，再從懷裡拿出一小瓶藥酒，淋在外褂上，又從懷裡掏出火摺子點燃外褂。

瞬間「轟」的一聲，外褂燃燒，變成一支火把。

卓清揚揮舞火把驅趕殭屍，然後順利走向小金，站在她身邊。

師父說得果然沒錯，殭屍不敢靠近火。

「妳沒事吧？」

「沒事。」

殭屍雖然怕火，卻未離開，僅退居於三尺之外圍著卓清揚與小金，還不停地嘶吼，蠢蠢欲動。

「這支火把妳拿著，我得再做一支。」

小金接過火把後，卓清揚立刻脫下內衣、赤裸上身。

他將衣服捲一捲綁在樹枝上並淋上藥酒，再從小金手上的火把上引火，接著「轟」的一聲，殭屍們再度後退。

卓清揚握住小金的手，道：「小金小姐，我們朝門邊圍牆前進，等一下火把給我，我來擋住殭屍，妳就踩在我身上，翻牆逃出去吧。」

「什麼？我逃出去，那你怎麼辦？」

「我沒關係的，賤命一條，死不足惜。只是我的一雙兒女，要麻煩妳幫忙照顧了。」

「別說這種傻話，自己小孩自己顧！有我在呢，我才不會讓這群臭殭屍有機會動你一根寒毛。」

「謝謝小金小姐的心意，但是您的大恩大德，卓某只能來生再報了。」

眼看距離圍牆僅五步之遙，卓清揚搶走小金手上的火把，擋在她前面護著她，慢慢向後退向牆邊。

「我背靠著牆半蹲，妳先踩在我的大腿上，再踏在我的肩膀上，這樣應該就能搆上圍牆了，快！」

小金搖頭，「我不會丟下你一個人逃走。」

「火把就快燒完了，妳快走吧！」

「小心！」小金拉著卓清揚往右邊閃避，躲開一名殭屍擲來的石塊。

重心不穩的卓清揚，手一滑，左手的火把便飛了出去，然後掉在地上，變成一團灰燼。

殭屍們齊聲發出低吼，彷彿是在慶祝它們戰勝了火焰。

天外又飛來一塊石頭，小金再次拉著卓清揚閃過，不料又有一顆石頭飛來，小金只好轉身撲倒卓清揚，於是他手上的火把再次飛了出去，落在地上，變成一團火球。

這下完了！

卓清揚絕望地四腳朝天，躺在地上。

現在該怎麼辦？不如我先自投羅網變成殭屍，這樣小金小姐就會棄我而去了。

好吧，就這麼辦，也只能這樣了。

他吃力地從地上爬起來，卻沒見到小金的蹤影，只有面目猙獰的殭屍們從四面八方湧來。

糟糕！難道小金小姐已經變成殭屍了嗎？

天上突然傳來一陣尖銳的鳥鳴聲，燃燒的火石如驟雨般降下，一一擊中殭屍們。

火勢迅速蔓延，整座花園瞬間成為一片火海。身上著火的殭屍們紛紛發出淒厲的哀號，並且四處逃竄，最後不支倒地，化為黑炭。

卓清揚感到一陣耳鳴，意識恍惚的他突然覺得眼前的景象很像廟宇中的壁畫——火山地獄。

天上又傳來一聲虎嘯，卓清揚抬頭一看，一隻巨大的火鳥在空中來回盤旋，鳥背上還坐著一隻金色的老虎，貌似在發號司令。

忽然間，一陣炙熱襲來，避之不及的卓清揚絕望地閉上雙眼，感覺全身上下即將化為灰燼。

我要死了嗎？

我好不容易才和小金小姐變熟了，結果就這麼死了？

好不甘心啊！

遠方出現一道白光，師父與靜姝並肩站在白光中，笑著對卓清揚頻頻招手。於是他情不自禁地朝光的方向前進。眼看只差一步，僅僅一步之遙，他就快要握住靜姝的手，偏偏後腦杓卻像是挨了一記悶棍般疼痛不已，令他忍不住收手抱頭。

「你給我回來！」一個熟悉的女聲在耳邊響起。

一股巨大而強烈的痛感使卓清揚猛然睜開眼睛。

他轉動眼珠，發現自己好像還活著，卻動彈不得。

他張嘴想發出聲，但喉嚨卻痛得說不出話來，只能發出微弱且沙啞的嘶嘶聲，就像殭屍一樣。

啊，難道這就是我的報應嗎？我也變成殭屍了嗎？

卓清揚試圖回想究竟發生了什麼事，卻是頭痛欲裂，逼得他放棄回憶。

如今他唯一能動的身體器官只剩下眼珠，於是他奮力旋轉眼珠子，查看四周情況。

根據亮度研判，目前是白天，這裡看起來很像王府的客房，而我躺在床上，感覺從臉到腳都裹上了一層白布？

咦？我是怎麼回到王府的？又怎麼會被包了起來？

「你終於醒了！還好嗎？」小金笑著說。

好痛。

卓清揚開口想回應，卻只能發出嘶嘶聲，還有一股強烈的疼痛感，彷彿烈火焚身。

「你全身上下都燒傷了，很痛吧？還昏迷了三天。對不起，我沒有好好保護你。」

卓清揚發現小金的雙眼紅腫，想必是擔心陷入昏迷的自己而哭泣，於是他也心疼落淚。

小金又紅了眼眶：「你別哭啊！你哭了我也想哭了。我好怕，怕你再也不會醒來了。」

是我不好，讓妳擔心了。

卓清揚強忍淚水，對小金眨眨眼，發出嘶嘶聲。

「你先好好休息，保持心情穩定。等過幾天你的傷好了，我們再說。」

卓清揚眨眨眼，表示同意。

「你再睡一下，待會兒我幫你換藥，再餵你喝點東西。」

卓清揚疲倦地闔上雙眼。當他再次甦醒，已是另一個白晝。

「你醒啦？今天有好一點嗎？有的話就眨兩次眼睛。」小金笑著說。

有，我的身體好像沒那麼痛了。

卓清揚還是無法言語，只好眨兩次眼睛。

「太好了，不枉我一天餵食你四次，還幫你換了兩次藥。」

餵食？擦藥？

卓清揚連續眨了三次眼睛，表示疑惑。

「你還是繼續睡覺好了，這樣才不會尷尬，我等一下再過來。」

卓清揚聽話閉上眼睛，卻睡不著，他只好開始數羊，直到他數到第一千隻羊的時候，才又聽到小金的聲音，悄悄地問：「清揚你睡著了嗎？」

他閉著眼，假裝依然熟睡。

「那好，我要先餵你吃東西囉！奇怪？湯匙呢？」

卓清揚感覺自己的嘴唇與牙齒被輕輕地扳開，接著有一種溫熱、香甜且溼潤的感覺，還有甘醇的汁液從口腔中漸漸滲入喉頭。

他的呼吸變得急促，全身燥熱，心更是跳得飛快。

「奇怪？是肉湯太燙了嗎？」

小金將碗裡的肉湯吹涼，再含進口中，緩緩餵入卓清揚的嘴裡，卻發現他的身體變得越來越燙。

「怎麼會這麼熱？傷口惡化了嗎？還是先來換藥好了。」

小金解開卓清揚臉上的白布，在他暗紅色的臉頰上塗抹一層薄薄的回天草藥膏。

他聞到一股熟悉的香氣，同時也感覺到一陣透入肌理的沁涼，化解了他的炙熱難耐。

接著，小金打開他上半身的白布，將藥膏依序塗抹在他發炎泛紅的頸部、鎖骨、肩膀、胸膛、肚子還有兩隻手臂。

雖然回天草藥膏的清涼能滲進五臟六腑，但小金溫柔的撫摸卻讓卓清揚渾身酥麻、呼吸困難。

接下來就是下半身了！怎麼辦？

「你怎麼好像喘不過氣來啊？放輕鬆，睡吧，沉沉地睡去吧！」

小金的話彷彿有催眠效果，卓清揚覺得自己的身體好像漂浮在水中，被一股暖流包覆著，內心有種很踏實、充滿喜悅的感覺。

接著他開始往下，沉至很深、很深的黑暗之中，漸漸失去意識。

當他再次張開眼睛時，覺得自己好像已經睡了好幾天。

他發現自己躺在床上、蓋著被子，但是全身赤裸。

他的脖子已經可以轉動，雙臂也能舉起，於是他嘗試挪動身體，從床上坐起來，也順利起身。

他伸手摸摸自己的臉，嘴角、下巴雖然長滿了鬍子，卻是柔軟細緻，宛如嬰兒毛髮。

再摸摸脖子、胸膛、肚子與雙臂，皮膚竟如嬰兒般光滑柔嫩，觸感好得驚人。

「這是怎麼回事？」卓清揚脫口而出。

「咦？我能說話了，聲音還變得，好好聽？」

「清揚你醒了啊？來喝碗肉湯吧！」小金笑著走進來，手上還捧著一碗湯。

「小金小姐，我……」卓清揚一見到小金，臉立刻紅得像顆柿子。

「噓！沒關係你什麼都不必說，你先坐著、被子蓋好，不要亂動，我先餵你喝湯。」

「啊？」卓清揚害羞地望著小金，臉變得更紅了，像一顆熟透的番茄。

「我是說，用湯匙餵你喝。」小金搖搖手中的湯匙。

「喔！原來是湯匙。」卓清揚笑得尷尬。

「湯已經幫你放涼一點了，快喝吧！」

小金舀了一湯匙肉湯，靠近卓清揚的唇邊，他張嘴大口喝下，但腦中卻不由自主地浮現小金用嘴巴含著肉湯餵食他的感覺，頓時心跳加速、額頭冒汗。

「你的手是不是已經可以動了？」

卓清揚點頭。

「那你要不要自己喝？不然你的心跳這麼快，好像不太好。」

小金將碗塞進卓清揚的手中，然後坐到床旁邊的椅子上。待他喝完湯，再接過碗匙放在桌上。

「我猜你應該有很多問題想問，快問吧。」

「王老爺還好嗎？」

「他沒事了，他要你先養好身體，一切等傷好了再說。」

「那天我們是如何從柯府脫險的？」

「呃……有官兵來救我們，並且護送我們回王府。」

其實真相是小黃找來鳳凰姊姊降下火雨、燒死殭屍，還順路送他們一程，載他們飛回王府。不過小金覺得還是不要讓卓清揚知道實情比較好。

「官兵？哪來的官兵？奇怪，我怎麼想不起來？」

卓清揚試圖回想當天的情形，卻換來一陣頭痛不已。

他只記得自己做了兩支火把驅趕殭屍，但之後的事情卻怎樣也想不起來，而且他越是回想，頭就變得越痛，彷彿有一隻隱形的槌子正在瘋狂敲擊他的腦門。

「別想了，這樣對身體不好。有些不該記住的事情呢，就千萬不要記住。遺忘也是一種祝福。」

卓清揚點頭，決定乖乖聽話放棄思考。

「現在是什麼時辰？」

「戌時。」

「我睡了多久？」

「從受傷陷入昏迷開始，」小金掐指一算，「總共十天。」

「十天？那妹仔和阿弟——」

「放心，王總管派去的人還住在你家裡照顧他們。」

「那就好。對了，妳有找到李盤或柯棋嗎？」

小金搖頭，「整個李家村，還有周邊村莊的人，全部都變成殭屍，李盤和柯棋都死無對證了。」

「怎麼會這樣？到底發生了什麼事？」

小金嘆氣，「聽說是從海之西域傳來的奪命瘟疫，人們一旦染病死亡後，快則三天、慢則五天，就會變成毫無人性、嗜血吃人的殭屍。」

卓清揚大驚，「那我們要趕緊阻止這場瘟疫蔓延才行，否則後果不堪設想。」

「放心，所有的殭屍都已經被鳳……被官兵消滅了。而且之後一連下了三天大雨，將所有瘴癘之氣通通都清洗乾淨了。」

「但還是不能大意，尤其是飲用水方面，必須是乾淨的活水不能是井水，還要到水源的上游檢查環境——」

「好了，卓大夫，你忘記你自己也是個病人嗎？你現在要先靜下心來，養好自己的傷，不要讓身邊的人擔心，知道嗎？」

卓清揚點頭，「對不起讓妳擔心了，也謝謝妳，這麼細心照顧我。一直受妳照顧，我真是無以回報。這十天下來，妳一定很累吧？」

小金搖頭，起身坐到卓清揚身邊握住他的手，誠摯地說：「不累，我累一點也沒關係，但請你答應我，以後遇到危險的時候，不能只想著犧牲自己，而是要動動腦，想出更好、更聰明的解決方法，讓自己也能活下去，好嗎？」

卓清揚深情地望著小金的雙眸：「好，我答應妳。」

小金摸摸卓清揚的頭，「乖，那你好好休息，我就在隔壁，有需要就叫我一聲。」

「好。」

卓清揚乖乖躺下，閉上眼睛，思緒卻是翻騰洶湧。

王柱否認犯行，李盤和柯棋死了，一切怎麼又回到原點了？

到底是誰，是誰殺了王哲？

夜裡，小金做了一個夢，夢到王哲渾身是血，哀怨地說：「小金哥哥，我死的好冤枉啊！」

「殺你的人，可是王柱？」

王哲搖頭。

「柯棋？」

王哲搖頭。
「李盤？」
王哲又搖頭。
「兇手到底是誰？你知道他是誰吧？」
王哲點頭。
「那你趕快告訴我他的名字，我好幫你報仇啊！」
王哲再次搖頭。
「是你認識的人嗎？」
王哲點頭。
「是你的親人嗎？」
王哲點頭，接著又搖頭，露出困惑的表情。
小金急了，她將雙手搭在王哲的肩膀上，高聲質問：「他姓王嗎？還是姓柳？男的還是女的？年輕的還是老的？阿哲你要給我多一點線索啊！」
不料王哲竟然放聲大哭，眼眶流出兩道鮮血，嚇得小金從夢中驚醒，大叫一聲。
「怎麼了？發生什麼事了？」卓清揚捧著蠟燭，快步走向小金。
「妳還好嗎？」
「嗚嗚嗚……」
卓清揚轉身將蠟燭放在桌上，坐在床邊，將小金擁入懷中，輕撫著她的背，柔聲道：「別怕，只是做夢而已。」

卓清揚伸手擦去她臉上的淚水，溫柔地說：「別怕，我坐在這裡陪妳，妳先躺下來吧。」淚眼汪汪的小金吸吸鼻子，乖乖躺下，接著伸手拉住卓清揚的手。

「放心，我會一直坐著這裡，等妳睡著。」

「我想聽你說話。」

「好，我現在的聲音很好聽，妳想聽什麼？」

「隨便。」

「給我一個方向？」

「我想聽你的故事。」

「我？我就是一介平民，沒有什麼特別的。」

「我想聽你說，你的出身、你的成長、你的喜好，我想要多瞭解你一些。」

「嗯……我出身在一個很平凡的農家。」

「原來你的父母親是農夫，你有兄弟姊妹嗎？」

「我阿爸是種稻米的佃農，阿娘負責料理家務、照顧小孩，還要幫忙農活、種菜養雞。我是老大，下面有三個小妹、一個小弟，從小我就要幫忙照顧他們。我們家很窮，所以小妹們依續被送去別人家當童養媳。阿娘一直想再生一個男孩，所以在我十歲那一年，小弟出世了。但是我阿娘在生產時難產，失血過多，從此身體變得很虛弱，半年後就過世了。小弟沒有奶水可以喝，只能喝米糠水，不久之後，夭折了。」

「怎麼會這樣。」小金紅了眼眶。

「阿娘與小弟的死，對我阿爸造成很大的打擊，於是他開始借酒澆愁，每天都喝得爛醉，然後白天睡覺，睡到傍晚醒來，就外出喝酒，因此田裡的農活都是我一個人在做。十一歲那年的冬天，天氣非常寒冷，常常颳風下雨，家裡四處都在漏水，卻沒錢修繕。冬至的那天晚上，阿爸去朋友家喝酒，卻徹夜未歸。隔天中午，我去他朋友家找他，對方卻說阿爸早在半夜就離開了，於是我沿著回家的路找，來來回回找了三次，才發現他倒在一間破屋子的牆角邊，渾身酒味，凍死了。」

小金緊握卓清揚的手，小聲說：「對不起，又害你想起難過的事了。」

卓清揚搖頭，「沒關係，都過去了。」

「那你是從何時開始學醫的呢？」

「阿爸死後，我為了籌措喪葬費，本打算向地主方老爺借錢，再將自己賣給他，一輩子為方家做牛做馬。去買棺木的時候，棺木店的蕭老闆與我阿爸好像有些交情，他先是幫我討來一副別人不要的薄棺木，還給我一些喪葬費，助我順利幫阿爸做完頭七。之後他又介紹我去師父那裡當學徒。」

「這個老闆人真好。」

卓清揚笑笑，「多年後，聽師父講起我才知道，原來蕭老闆是師父的遠房親戚，而我竟然是被他賣給了師父，價格是喪葬費用的三倍。」

「什麼？這個蕭老闆竟然做這種無本生意賺錢？果然是無奸不成商。」

看著小金激動的模樣，卓清揚又笑了，「別這麼說，其實蕭老闆應該算是我的貴人。若不是他，我也不會認識師父，也不可能學醫，所以我應該要感謝他才對。」

「不對，你應該要感謝的人是你師父才對，他行醫救人，還收留你、教你醫術，又把女兒嫁給你，簡直是全天下最好的人。」

卓清揚點頭，「是啊，師父的大恩大德，我一直銘記在心。他教我認字讀書，還傳授我一身本領，帶我四處行醫，又將靜姝嫁給我，只可惜，我卻沒有好好照顧她。」

「那不是你的錯，而且都過去了。」小金握著卓清揚的手，握得更緊了。

卓清揚輕撫小金額頭上的髮絲，柔聲道：「很晚了，我們先說到這邊好嗎？再說下去，只怕天都要亮了。」

小金點點頭，打了一個呵欠，卓清揚也跟著打了一個呵欠，兩人相視而笑。

「我沒事了，你快回房休息吧。」

「那妳先閉上眼睛。」

小金闔上雙眼。

卓清揚在她耳邊用氣聲說：「做個好夢。」並在她額頭上輕輕落下一個吻。

小金從床上坐起，舉起雙手伸了個懶腰。

「金公子，您醒了嗎？」秀蘭在門外詢問。

「起來了，怎麼了嗎？」

「卓大夫請您到花園裡用午餐，奴婢已經幫您備好洗臉水了。」

小金隨口答應：「好，妳放在門口，我梳洗完就過去。」

花園？午餐？已經這麼晚了嗎？

「金公子，需要奴婢進來幫您更衣嗎？奴婢很願意幫忙！」

「什麼？不用、不用，我自己來就可以了，謝謝喔！妳快去休息吧！」

「是。」秀蘭的聲音充滿遺憾。

一見到小金走進花園，坐在涼亭石椅上的卓清揚立刻笑著對她招手。

小金亦是嘴角上揚，快步走過去。

「怎麼這麼香？這是什麼？」

石桌上有兩只冒煙的砂鍋，卓清揚一一掀開鍋蓋，道：「我請秀蘭幫妳熬了一鍋蘿蔔排骨粥，再炸了點白糖粿，可以沾花生粉或芝麻粉，還有一壺我配的靜心茶，妳趕緊坐下來趁熱吃吧！」

沉浸在食物的香氣中，小金終於一掃陰霾，重新綻放笑顏。

她先是速速吃完一碗粥，待卓清揚幫她添好第二碗時，她又夾了一大塊白糖粿，沾上滿滿的芝麻粉，一口塞進嘴裡。

「天啊！好好吃！咳咳咳咳……」小金被芝麻粉嗆到了。

卓清揚立刻放下碗，拿起茶壺幫她倒了一杯茶，「快，先喝口茶！」

小金咕嚕咕嚕喝完茶，發出「哈」的一聲。

「別急，妳先緩緩，穩定一下氣息，免得又嗆到。」
小金嘟著嘴，望著白糖粿，再盯著花生粉，一副眼穿腸斷的樣子。
此時王總管走了過來，拱手道：「卓大夫、金公子，夫人回來了，老爺請兩位至前廳一敘。」
卓清揚點頭，望向小金：「我們走吧！」
看著小金一臉還沒吃飽喝足、心有不甘的模樣，他忍不住笑了。
兩人還沒踏入前廳，就聽到女人悲傷的哭泣聲。
「阿哲，可憐的孩子，嗚嗚嗚嗚……」王夫人柳氏坐在椅子上，握著手絹頻頻拭淚，哭得很是傷心。
「唉。」王老爺則是不停嘆氣。
「夫人，請節哀順變，保重身體。」卓清揚說。
柳氏點頭，吸了吸鼻子，收斂哭聲。
「金公子、清揚，這陣子勞煩二位四處奔波，辛苦了，特別是清揚，竟然還受了傷，讓我這個做大哥的，心裡真是過意不去。」王老爺說。
「王兄，別這麼說，應該的。」卓清揚答。
小金點頭附和：「對，不辛苦，我們都想趕快抓到兇手，將他繩之以法！」
小金刻意加重「繩之以法」這四個字的語氣與音量。柳氏聞言，身體微微一震。
「金公子，還有清揚啊，今晚不如由我作東，在江山樓裡擺一桌，感謝二位的鼎力相助，順便也幫剛回府的夫人接風洗塵，這樣可好？」

「這……」卓清揚的表情猶豫，轉頭看向小金。

小金低聲道：「我都可以。」

「金公子是外地人，肯定沒嘗過江山樓的功夫菜吧？他們每日限量的蜜汁肥鵝，還有茶香烤雞，堪稱天下一絕！」王老爺豎起大拇指說。

小金聽得眼睛發亮，正欲開口答應，不料柳氏卻插話：「感謝老爺有心幫妾身接風洗塵，老爺的這份心意，妾身心領了。妾身一路顛簸，很是勞累，今晚想早點休息，不如我們另擇他日，再一起好好謝過卓大夫與金公子，不知老爺能否應允？」

王老爺點頭，「夫人舟車勞頓，肯定累壞了，好吧，今天妳就好好休息，我們改天再聚。」

小金一直偷偷觀察柳氏的表情與動作。王老爺同意改期後，她便如釋重負，先是摸摸鼻子，再搓搓左手的翡翠玉鐲子，又以手絹擦去額頭上的汗水，一副心虛的模樣。

小金心想，這個王夫人肯定有問題。

回客房的路上，卓清揚察覺小金的神情頗為嚴肅。

「今晚吃不到肥鵝與烤雞，妳很失望嗎？」

「蛤？難道在你心目中我是這種人嗎？因為沒有吃到江山樓堪稱天下一絕的功夫菜蜜汁肥鵝與茶香烤雞就失去人生希望、失去生活動力的人嗎？」

卓清揚一怔，傻笑回應。

小金冷哼一聲，白了他一眼。

「就是美食當前，也不妨礙我查案。我覺得王夫人好像有點不太對勁。」

「那裡不對勁？」卓清揚一臉疑惑。

「我們明明素不相識，可是打從我一踏進廳裡，她就一直迴避我的目光，而且我心裡有種說不上來的，嗯……姑且稱之為女性直覺？總之，我覺得她怪怪的。」

實則柳氏的身上帶有一絲王哲氣血混合了檀香木的味道，但小金暫且隱忍不說。

卓清揚搖頭，「可是夫人在命案當天上午就起程回娘家了，命案發生的時候，她不在府裡。」

「誰說的？有人證嗎？」

「夫人的貼身丫環真兒，就是剛剛在廳裡站在夫人身邊的那位姑娘，還有夫人娘家的人，應該都可以證明。」

「也許她不是兇手，但是她很可能知道誰是兇手。」

「那妳想怎麼做？」

「不如我們先去找真兒過來問話吧。」

「若是想私下問話，恐怕得找人幫忙才行。」

卓清揚與小金互看一眼，有默契地微笑點頭。

小金「唰」的一聲將手中的摺扇展開，一邊搖扇搧風，一邊朝正在花園中採花的秀蘭大步走去，笑著對她打招呼。

「美麗的秀蘭姑娘，辛苦了，需要幫忙嗎？」

「金公子！」秀蘭見到小金是又驚又喜，趕緊撥撥頭髮，露出燦爛無比的笑容道：「不辛苦，奴婢不敢勞煩公子。」

小金看了一眼秀蘭手上的提籃，驚訝地問：「妳怎麼摘了這麼多桂花，是要做什麼？」

「這個啊，是要做桂花糕用的。」

「桂花糕？桂花糕裡面沒有桂花啊，不是包梅子嗎？」

秀蘭搖頭，「我們王府的桂花糕不用梅子，用的是最高級的桂花糖。」

「桂花糖？是把糖和桂花拌在一起嗎？還是放到罐子裡搖一搖？」

秀蘭輕笑道：「是將上好的冰糖加入少許山泉水，以文火慢慢融化變成糖漿，再倒入當日新鮮現採的桂花瓣，再輕柔地不停拌炒，一直炒到水分完全收乾，變成金黃色的糖粒為止。」

「真費工，那是要用來祭祀，還是要招待哪位貴客？」

秀蘭臉色一沉，低聲道：「真兒說，夫人想親手做一些桂花糕來祭拜公子。公子生前最喜歡吃的東西，就是夫人親手做的桂花糕。」

「但需要摘這麼多桂花嗎？」

「夫人想在城外的觀音寺辦一場盛大的超渡法會，她想多做一些糕餅，好讓各路好兄弟們都能享用，希望能讓公子在黃泉路上走得順利一些。」

小金心想案情果然不單純，於是追問：「夫人要做桂花糕，怎麼是妳來採桂花，真兒呢？」

「真兒她陪夫人去觀音寺了，夫人想和住持討論後天舉辦超渡法會的事情，可能很晚才會回來。」

小金忽然靈機一動，她迫不及待想告訴卓清揚心中的好點子，不過她現在必須先找個藉口脫身。

「秀蘭，我突然好想吃桂花糕喔，如果是妳親手做的桂花糕，肯定是人間美味。」小金嚥了嚥口水。

秀蘭踮起腳尖，悄聲附耳道：「剛好，王總管也很愛吃桂花糕，我昨天才幫他做了一些。雖然我的手藝應該是比不上夫人，但是大家都說好吃。我去廚房看看有沒有剩下的，如果有，我再拿幾塊送到您房裡。」

「好，再麻煩妳。那我先回房，等妳。」

小金露出迷人笑容，看得秀蘭呼吸急促、耳根發紅，內心群鹿亂撞。

「公子慢走。」秀蘭望著小金的背影，笑得無比嬌羞。

小金一回到客房，立刻將秀蘭所言全部告訴卓清揚。

「你說，夫人這麼急著要辦法會，是不是作賊心虛？」

卓清揚搖頭道：「雖然真相只有一個，可是我們沒有證據。」

「證據？那我們就去找啊！我有個想法，我們可以……然後我再變裝……」

卓清揚邊聽邊點頭，「好，那就姑且試試吧！」

7 李白，《清平調三首》。

8 「杜賣盡根」，意即全部永遠賣斷。

第二回　真相大白

「謝謝住持，法會的事情就萬事拜託了。」柳氏雙手合十，對觀音寺的住持靜心和尚鞠躬道謝。

「好的，夫人請慢走，老衲就不送了。」

「住持，現在天色還早，我能否留在大殿裡誦完一本經再走？迴向給我那可憐的孩子。」

靜心和尚點頭，「夫人請自便，老衲告退。」

「謝謝住持。」

柳氏翻開桌上的經書，跪在蒲團上一邊敲打木魚，一邊誦唸《地藏經》。

忽然一陣冷風吹來，竟將大殿上的燭火全數熄滅，整個大殿變得晦暗不明，陰森森的。

柳氏一驚，立刻停止誦經。

「小媽，我好冷喔！」一個稚嫩的聲音幽幽地從角落傳來。

「是誰？誰在說話？」柳氏起身，緊張地東張西望。

「小媽，是我啊，我好冷喔！」

柳氏注意到，左前方佛座旁的寶塔燈附近，出現一團模糊的白影。

她揉揉眼睛，聲音顫抖道：「你……你是……阿哲嗎？」

白影逐漸變得清晰，是一個五官扭曲的小男孩，聲音與阿哲十分相似：「小媽，妳怎麼這麼狠心？我要妳來陪我……」。

柳氏嚇得雙腿癱軟，趴在地上，哭泣發抖。

「我死得好慘啊……妳的鐲子上有我的血，妳跟兇手是一夥的……」

柳氏驚叫：「阿哲，小媽最疼你了，你是知道的啊！我怎麼可能會害你呢？請你原諒我，我……我帶你去找兇手好不好？」

「兇手在哪裡？」

「他就住在城外的鄭家村，我可以帶你去找他！」

柳氏一抬頭，見到小男孩七孔流血的模樣，竟嚇得往後倒，暈了過去。

「糟糕，玩太兇了！」小金扯下臉上的面具，站了起來。

卓清揚連忙從柱子後面跑出來，奔向柳氏。

忽然間，一道耀眼金光從觀世音菩薩的座前射向柳靜好，她的全身都被奇異的金光包裹，金光還滲入她的身體，接著亮度逐漸轉淡，就像是被身體吸收，最後消失無蹤。

小金大叫：「清揚，你快幫她把脈，看看她的身體狀況。」

「是。」卓清揚診脈許久，驚訝道：「夫人竟然懷孕了！」

「是王哲，菩薩讓王哲回來投胎了！我們趕快送她回家。」

卓清揚點頭，與小金合力扶起柳靜好，步出大殿。

柳氏醒來，發現自己竟然躺在府內房間床上。

「奇怪，我怎麼會在床上？」

柳氏試圖回想剛才發生什麼事，卻頭痛得什麼也想不起來。

她依稀只記得她去了觀音寺，與住持討論舉辦法會事宜。接著想幫阿哲唸經迴向，然後……她就再也想不起來。

「夫人，失禮了。」卓清揚坐在床邊，幫柳氏診脈。

「恭喜夫人有喜了。」

「什麼？」柳氏不敢相信自己的耳朵。

「雖然目前脈象不太顯著，但以我行醫多年的經驗判斷，夫人您確定是有喜了，只是……唉。」卓清揚嘆氣又搖頭。

「只是什麼？我好不容易才懷上孩子，有什麼問題嗎？」柳氏激動地抓著卓清揚的手。

「心病還需心藥醫，夫人心中若有煩惱，最好儘速化解，否則肝鬱氣滯、久鬱傷神，恐怕……對肚子裡的胎兒不好。」

「卓大夫，我……嗚嗚嗚嗚……」柳氏哭了起來，而且越哭越傷心，越哭越大聲。

「久哭傷身，夫人現在請務必以身體健康為重。若您信得過在下，不如讓在下幫您分憂解勞。有什麼事情不妨說出來，我們可以一起商量看看如何解決？」

柳氏吸吸鼻子，「卓大夫，我還是起來說話吧。」

「失禮了。」卓清揚協助柳氏坐起來。

「卓大夫應該不知道我的出身吧？」

卓清揚搖頭，「王兄不曾提起。」

「你可曾聽過一句話，叫做：『寧娶寡婦，不娶生妻』？」

卓清揚點頭，「類似的說法還有：好漢不娶活人妻、娶妻不娶活人妻、有錢莫娶活漢妻。」

「不錯，我就是令人嫌棄的『活人妻』。」

卓清揚與躲在屋梁上偷聽的小金聞之一驚。

「我從小就被生母賣了，而且一再被轉賣，打從我有記憶以來就已經不是在本家，直到十歲成為柳家的媳婦仔[9]之後，才終於穩定下來。我的名字是柳老爺親自幫我取的，叫做柳靜好。」

「琴瑟在御，莫不靜好[10]。原來夫人的名字也出自於《詩經》。」

「柳家有兩個兒子，長子德華體弱多病，而且不好女色，於是老爺、夫人將我許配給次子浩南。浩南為螟蛉子[11]，本姓鄭，是柳老爺拜把兄弟的遺腹子。十四歲那年，我與浩南拜堂成親。三年後，德華突然染上怪病，先是頭疼、身體發熱、高燒不退，接著是畏寒發冷、冷汗直流，因此食不下嚥，不吃熟食只吃生食，變得越來越瘦。」

「聽起來頗像是人稱『虎變』的症狀。」

柳靜好點頭，「正是，卓大夫果然博學多聞。老爺重金請來許多大夫醫治德華，也買了許多名貴藥材，但是德華的病卻毫無起色，連前御醫都束手無策。後來他就像發了瘋似的，整天不停亂吼亂叫，還逢人就咬，老爺不小心被他咬傷後，從此臥床不起，沒多久就仙逝了。」

「唉，虎變之人，甚難醫治。」卓清揚搖頭。

「老爺走了之後，德華也走了，夫人因此整天以淚洗面，身體也變得很虛弱。浩南接掌家業後才發現，這些年來，老爺為了籌德華的醫藥費，早已債台高築。治喪期間，債主們三天兩頭就找上門來，找浩南要錢，沒想到浩南為了逃避債務，竟然棄我與夫人而去，還是不告而別。」

卓清揚眼神憐憫，「原來夫人有這樣的過去，真是辛苦了。」

「夫人為了保護浩南，便對外宣稱他也因病身亡了。我因此成為名義上的寡婦，為了幫忙還債，在夫人的作主下，我就被賣給了王老爺。」

「原來如此。」

「我嫁進王府後，浩南不知如何得知消息，竟然趁老爺不在家的時候跑來找我，向我要生活費。我怕他被別人發現，只好隨便拿了幾件老爺送我的首飾給他，趕緊打發他離開。沒想到他食髓知味，三番兩次跑來找我要錢，還威脅我要是不給錢，就要公開揭發我的罪行。」

「依照現行『買休賣休[12]』律的規定，不僅是夫人、柳二公子與王兄，恐怕連柳夫人都要受處罰。」

柳氏點頭，「我就是擔心連累到娘還有老爺，更擔心萬一我怎麼了，阿哲沒人照顧，才一直對浩南委曲求全，盡量滿足他的需求。沒想到他竟然把我給他的珠寶首飾拿去變賣換錢後，通通拿去花天酒地，還在賭場輸個精光。」

「夫人怎麼會知道他的行蹤？」

「某次他來找我，我便派人偷偷跟蹤他，將他的住處與行蹤都打聽清楚了。我本想買兇殺人，卻又念在過去的情分上下不了手。這一切都怪我，實在是太懦弱了，才會害死阿哲，都是我的錯。」柳靜好再度落淚。

「那天究竟發生什麼事？」

「那天，我假裝回娘家，其實是去浩南家找他談判。我答應再給他五十兩銀子，自此兩不相欠，他也同意。我們說好要立字據為憑，不料他卻突然反悔，問我王府裡是不是有很多寶貝，他想開開眼界，逼我帶他見識一下老爺的收藏，他要看完才肯簽字。」

「那應該只是他不想簽字的藉口吧？」

柳靜好點頭，又紅了眼眶，「我真傻，竟然相信他的話。」

「別這麼說，你們畢竟夫妻一場。那後來呢？」

「我帶著浩南偷偷從暗門進入王府，那道暗門只有老爺、王總管和我三個人知道，但只有老爺和我擁有暗門鑰匙。」

「暗門的位置，可是在王兄的書房附近？」

柳靜好點頭，「老爺為了在緊急災變發生時能盡快撤離收藏品，才暗中設了那道暗門，以備不時之需。」

「這就能說明為什麼妳和二公子進出王府，卻沒被人發現。」

柳靜好點頭，「我帶浩南進去老爺的書房後，他看上了老爺最鍾愛的白瓷蓮瓣蓋大罐，竟然想要占為己有。我立刻下跪求他，求他千萬不要亂動老爺的東西，他想要多少錢我都可以給他。沒想到他竟然要我拿這個玉鐲子來換。」柳靜好抬起左手、拉開袖子，露出手腕上掛著的翡翠鐲子。

「這只玉鐲子有什麼特別的嗎？」

「這是王家的傳家之寶，只有王家的女主人才能佩帶，老爺給我的時候，曾經千叮嚀萬囑咐，要我務必用生命來守護它。」

「所以二公子強搶玉鐲子？」

柳靜好點頭，「他見我不從，便抓住我的左手，想將玉鐲子從我手上拔走，不料阿哲竟然衝了進來，對著浩南一陣亂搥，結果浩南他竟然……嗚嗚嗚嗚……」

柳靜好哭得撕心裂肺，卓清揚連忙拍拍她的背，安撫道：「夫人，悲哭傷肺，還請稍加節制。」

柳靜好緩緩情緒，續道：「浩南放開了我，隨手拿起一旁的梅瓶，朝阿哲頭上砸了下去，轉身抱著大罐便離開書房。我見到阿哲頭破血流倒在地上，嚇得不知如何是好，就想先將他抱回房間，再趕快去找大夫來救他。」

「沒想到阿哲在半途中就斷了氣，於是妳就改變心意？」

柳靜好羞愧地低下頭，泣道：「阿哲走之前，對我說了最後一句話，他說：『小媽，要生弟弟喔！』我之前問過他好幾次，想要弟弟還是妹妹，他都說『都好、都好』，應該是不想給我壓力，但他心裡還是想要一個可以陪他一起玩的弟弟。」

「所以您就回去清理現場，還帶著檀香木座從暗門離開，想讓人摸不清楚行凶的目的，也就無法查出到底誰才是兇手？」

柳靜好點頭，「因為那天我已經答應阿哲，我一定會生一個弟弟給他。」

小金聽得熱淚盈眶、咬住拳頭不敢發出聲音。

卓清揚則是眼睛泛紅，內心陷入天人交戰。

如果王兄知道夫人懷孕，肯定喜出望外，畢竟他盼這個孩子盼了好多年。

王哲即將有一個弟弟或妹妹，他在天之靈肯定也很開心。

但要是讓王兄知道，夫人與前夫尚有往來，還與王哲的死有關，以他剛烈多疑的個性，恐怕是容不下夫人與腹中胎兒。

倘若真如小金所言，是菩薩顯靈讓王哲投胎轉世，那麼我必定得保住夫人與胎兒才行啊！

他嘆了一口氣，做出決定。

「夫人，這件事情就交給我來處理，從今以後，您只需要放寬心、專心養胎。千萬不能再向任何人提起這件事，包括老爺在內，明白嗎？」

「明白。」

「我現在立刻去幫您配藥，再請真兒過來照顧您。我幫您把簾子放下來，您先睡一下，睡醒之後，就要先吃第一帖藥。」

「謝謝卓大夫。」

「閉上眼睛。」

「啊？」

「妳剛剛哭太久了，快閉上眼睛休息一下。」

「是。」柳靜好闔上眼，緊皺的眉頭也漸漸地鬆開，進入夢鄉。

卓清揚立刻抬頭，向小金招手。

小金從屋梁上跳了下來，如貓一般輕巧落地，半點聲響都沒有。

「我們走吧！」小金用口型說。

卓清揚點頭，兩人迅速離開房間。

卓清揚將配好的藥交給真兒，再與小金一起回到房間。

「唉呦喂呀，躲在梁上偷聽真是憋得我頭都快要爆炸了！清揚怎麼辦，我們雖然已經知道誰是兇手了，但他的犯行又不能全部公諸於世。我們該如何將兇手繩之以法，給王老爺一個交代，同時還要保護夫人和她肚子裡的小王哲，這一條小魚居然要三吃，也太難料理了吧？」小金抱頭，很是苦惱。

「確實不容易料理——欸，不對，我是說，確實很難顧全大局。這樣吧，明天一早，我們吃完早餐就先去鄭家村，先找到柳浩南，看他怎麼說。」

「我看也只能這樣了，走一步，算一步。啊！我有一個問題想問你。」

卓清揚點頭：「妳說。」

「剛剛柳氏說的『虎變』是怎麼一回事？是指人會變成老虎嗎？」

「以前我聽師父提過，他年輕時曾在遙遠的西南一帶遊歷，在山裡遇見一位獨自住在山洞裡的八旬老人，姓苗。老人家說，他們苗家三代都有人變成老虎，因此他的子女們很害怕他也會突然變成老虎、傷害家人，於是趁他染上風寒、臥病在床的時候，在夜裡強行將他抬到山上，安置在一座山洞裡。」

「什麼？這根本就是遺棄老人啊！」

「古書上有記載：『昔公牛哀轉病也，七日化為虎。其兄掩戶而入覘之，則虎搏而殺之[13]。宣城太守封邵忽化為虎，食郡民。[14]』」

「什麼意思？」

「有一位叫公牛哀的人，相傳他在大病七日後變成老虎，並且咬死他的哥哥。還有一位宣城的太守，名為封邵，他在某一天突然變成老虎，還吃了他的百姓。」

小金大驚：「什麼？人類變成老虎，還會吃人？這……怎麼會呢？」

「師父的猜測是，這些人應該不是真的變成老虎，而是生病了。他們的身體出現病變，因而無法控制自己的行為，但外觀上看起來就像是一隻發狂的猛獸，因此被稱為『虎變』，或是『變虎』。」

「那『虎變』這種病，有辦法醫治嗎？」

卓清揚搖頭，「治病必須找出病根，但師父懷疑，人們口中的『虎變』不是一種疾病，而是多種疾病，要想對症下藥，還要藥到病除，不容易。」

「哈唏。」忽然間，一股強烈的睏意襲來，小金忍不住打了一個哈欠。

「今天折騰了一天，真是辛苦妳了。要不要早點休息，明天再聊？」卓清揚摸摸小金的頭。

小金點頭，「你應該也累了吧？早點休息，晚安囉！」她起身回房，接著又打了一個大哈欠。

夜半三更，小金做了一個夢，夢到王哲換上一襲淡金色綢緞衣裳，神采奕奕地現身在一片雲霧之中。

「小金哥哥謝謝你。」王哲笑得燦爛。

小金搖頭，「我也沒幫上什麼忙，你應該要謝謝菩薩才對，感謝菩薩垂憐，讓你投胎轉世回來王府。」

「謝謝菩薩，但也要謝謝小金哥哥，幫忙照顧爸爸和小媽。」

「真是個懂事的乖孩子。」小金伸手摸摸王哲的頭。

王哲微笑，伸出小拇指，「你之後要來陪我玩喔，我們打過勾勾了。」

「我現在就陪你玩，你想玩什麼？」

小金陪著王哲一起唱歌、跳舞、賽跑、跳繩、拔河、射箭、翻跟斗、吃桂花糕，還玩了無數次的一二三木頭人。

兩人開開心心地玩到精疲力盡後，一起躺在軟綿綿的白雲上，閉著眼睛睡著了。

翌日辰時，小金與卓清揚來到鄭家村，四處打探柳浩南的下落，卻是一無所獲。

「真是失算，昨天應該要請夫人幫忙，先畫一張他的畫像才對。」卓清揚懊惱著。
「嘿嘿！我有辦法。」
小金走進一旁的紙店，買了一張黃紙，還向老闆借了剪刀與筆墨。
「這是要做什麼？」
「看好囉！」
小金拿起剪刀與黃紙，迅速剪出一隻黃紙虎，再指著紙虎的身體說：「這裡，幫我寫上『柳浩南』三個字。」
卓清揚速速揮毫，「好了！」
小金將紙虎置於左掌中，唸了一段聽起來像是上古語的咒文。
神奇的事情發生了，紙虎竟然活生生地抬起左前腳，再抬起右前腳，又抬起左後腳及右後腳，接著它抬起尾巴，最後是抬頭，將整個身體立了起來，漂浮在小金的掌心上方。
卓清揚驚訝不已，「這種戲法，我還是頭第一次看到。」
小金笑笑，「好戲還在後頭呢。」
她對紙虎發號司令：「紙虎啊紙虎，快帶我去找柳浩南！」
紙虎聞令，如羅盤指針般迅速旋轉三圈，最後頭朝向左後方。
「我們走吧！」小金拉著卓清陽，轉身朝左後方前進。
接著，紙虎迅速轉向右前方，小金也跟著右轉。
在紙虎的引導下，兩人繞了九彎十八拐，最後來到一個看似荒廢已久的破落村子。

紙虎走向一棟磚瓦屋子，朝門口頻頻張大嘴巴，發出一陣無聲的吼叫。

「就是這裡嗎？多謝，辛苦囉！」

小金用手指輕輕地撩過紙虎的背脊與頭頂，再摸摸牠的下巴。

紙虎則轉頭打滾撒嬌，還親了一下小金的手指，隨後在她掌心躺平，呈現靜止狀態。

卓清揚看得是嘖嘖稱奇，心想這一招不知道能不能用來找藥草。

小金上前一步，捏起鼻子皺眉道：「柳浩南就在裡面，我們進去看看吧！」

卓清揚點頭，邁步向前，輕輕地推開腐朽不堪的木門，發出「呀」的一聲。

只見屋裡一片衰敗，傾倒的桌椅、陷落的屋頂、滿地的垃圾，空氣中還瀰漫著一股惡臭。

「吱吱吱吱吱吱——」聚集在屋內的蟑螂、老鼠們一見到小金這位不速之客，嚇得四處逃竄。

少了這些干擾，也讓屋內態勢稍稍明朗一些。

「他在那邊。」小金指向前方，破敗的神桌下方。

卓清揚走近一看，柳浩南呈現坐姿，背靠桌腳。他的衣衫單薄、膚色發黑，屍水從口鼻流出，臉部、頸部及手背上有大片囓咬痕跡，傷口裡面的小蛆們正拚命扭動身體，向外散去。

他的腳邊有許多破碎的酒瓶，逸出噁心的酸臭味。

「看樣子，他已死亡兩、三天了。死因的話，可能是飲酒過量，或是酒後失溫，凍死了。」

「咦？他手裡好像抱著什麼？」

小金注意到柳浩南的懷裡有一個與他外衣顏色相同的包袱。

卓清揚雙手合十，朝柳浩南一拜，接著取出包袱放在地上，打開包袱巾。

「白瓷蓮瓣蓋大罐！」卓清揚驚呼。

小金拍手，「太好了！這下子我們總算對王老爺有所交代了！」

卓清揚點頭，「我們回去吧！再請人過來，幫忙處理後事。」

小金點點頭。

兩人帶著白瓷蓮瓣蓋大罐回到王府，再連同柳靜好託付給卓清揚的檀香木座，一併向王正仁覆命。

面對王正仁的種種詢問，卓清揚均據實回答，唯獨隱匿了柳浩南的真實身分，以及柳靜好涉案的事實。所幸因卓清揚的為人向來誠實自重，王正仁也就不疑有他。

這起「不明身分外賊侵入住宅竊盜殺人案」，由於殺人兇手已死亡，遺失物亦失而復得，官府也不再深究，依王正仁的意思迅速結案。

隨後，王正仁得知柳靜好有喜的消息，瞬間一掃陰霾，回復往日的神采奕奕。

至於小金與卓清揚這兩位「破案神探」，則是速速收拾行囊，並鄭重婉拒王府上上下下的溫情挽留，終於踏上了回家之路。

面對歸心似箭的卓清揚，說好的蜜汁肥鵝與茶香烤雞，小金只能留待下回再吃。

9 即收養外姓之女作為養女，多為購買窮苦人家之女，預備日後成為自家媳婦，即童養媳。

10 《詩經・國風・鄭風・女曰雞鳴》。

11 即異姓養子，多為購買他姓之子作為養子。典出《詩經・小雅・小宛》：「螟蛉有子，蜾蠃負之。教誨爾子，式穀似之。」螟蛉是桑樹上的小青蟲，故又名青蟲。蜾蠃為土蜂。古人觀察到蜾蠃會把螟蛉幼蟲抓回自己的巢穴，誤以為蜾蠃會飼育螟蛉幼蟲，故將異性養子稱為「螟蛉子」。然而這是一個美麗的誤會，經後人觀察發現，螟蛉幼蟲實為蜾蠃幼蟲的糧食，蜾蠃係捕捉螟蛉來飼養其子。

12 《明史・卷九三・刑法志一》：「所謂『買休、賣休、和娶人妻者』，本指用財買求其妻，又使之休賣其妻，而因以娶之者言也。」《大清律例・刑律・犯姦》：「若用財買休賣休因而和同娶人妻者，本夫本婦及買休人，各杖一百。婦人離異歸宗，財禮入官。若買休人與婦人用計逼勒本夫休棄，其夫別無賣休之情者，不坐；買休人及本婦各杖六十，徒一年；婦人餘罪收贖，給付本夫，從其嫁賣。妾，減一等媒合人各減犯人（買休及逼勒賣休）罪一等。其因姦不陳告，而嫁賣與姦夫者，本夫杖一百，姦夫姦婦各盡本法。」古人多因貧窮而賣妻，故明代及清代有「買休賣休」律，法律明文規定禁止買賣妻子，買賣妻子為一種犯姦行為，犯罪行為人包含本夫（賣夫）、買夫（姦夫）、妻（姦婦）、媒合人等，將視情節輕重處罰。

13 西漢淮南王劉安《淮南子・俶真訓》。

14 南朝梁任昉《述異記》。

後記

小時候每逢寒暑假，爸媽會帶著我和兩個弟弟一起從松山搭火車，回到臺中阿公阿嬤家住一段時間，陪伴老人家。阿嬤家很大，是一座有前後空地的傳統三合院。每當我和弟弟們在家裡跑來跑去，還把中舖的木板床當成彈簧床，在上面跳上跳下「嘰嘎叫」的時候，阿嬤就會沉著臉嚇唬我們：「恁喔！不加恬一寡，較停仔會被警察抓抓去喔！」

咦？警察不是專門抓壞人的嗎？為什麼會來管我們這些在家裡玩耍的小孩呢？他們也管太多了吧？長大之後我才明白，歷經日治時期及威權統治的阿嬤對警察應該沒有好印象。

比起都市，鄉下的夜晚總是很早降臨。不過才八、九點，爸媽就開始輪番催促我們上床睡覺，而他們說的床邊故事永遠都是已經聽過八百次的《虎姑婆》。然而爸爸講的故事和媽媽講的內容有點不太一樣，媽媽說虎姑婆吃弟弟的小指頭，咬得「咔滋、咔滋」；爸爸說虎姑婆食甲「摳摳摳（khaunnh-khaunnh-khaunnh）」。媽媽說姊姊爬到樹上，用滾燙的熱油淋死虎姑婆；爸爸則說姊姊燒滾水，將虎姑婆「沃死（ak-sí）」。

總之，飾演壞人的虎姑婆，下場是唯一死刑。無論講者是爸爸或媽媽，結局也永遠都是同一句：「你們不趕快閉上眼睛睡覺的話，等一下會被虎姑婆抓走！」欸，身為臺灣小孩真是壓力山大，每天都生活在恐懼之中，白天要怕警察，晚上還要怕虎姑婆，難怪大家長大成人後，性格都如此扭曲（笑）。

二〇一七年九月，當時我剛寫完《律政女王》初稿，旋即琢磨新作品題材，忽然想起日本文豪太宰治曾寫過一系列翻案小說：改編自莎翁悲劇經典的〈新哈姆雷特〉；主角為猶大、以第一人稱書寫的〈越級申訴〉，以及改編自德國作家席勒（Friedrich Schiller, 1759-1805）詩歌《人質》（*Die Bürgschaft*, 1799）的〈跑吧！美樂斯〉。此外，太宰治也顛覆許多大家耳熟能詳的日本經典童話，如《浦島太郎》、《肉瘤公公》、《咔嚓咔嚓山》以及《剪舌麻雀》。

那時我心想，如果要寫一部臺灣的翻案小說，該寫什麼呢？忽然靈光乍現，想起《虎姑婆》。為什麼虎姑婆是「姑婆」，而不是「伯公」、「叔公」、「舅公」或「姨丈」？這裡有無對女性，尤其是對「未婚女性」的偏見呢[15]？因為姑婆除了稱呼祖父／外祖父的姊妹或其同輩女性親友外，也用來稱呼那些已過適婚年齡卻尚未出嫁的女性，並帶有負面貶意，如「老姑婆」就是老處女的意思。依照臺灣傳統習俗，未婚女子死亡後不能入列祖先牌位接受祭拜，即俗語「厝內無祀（sū）姑婆」、「紅格桌頂無祀（tshāi）老姑婆」。另外還有「厝內姑婆，愈拜愈沒」、「厝內拜姑婆會倒房」等說法，認為家中祭拜死亡的未婚女子，可能會導致家運衰亡。

欸，真是越想越奇怪，為什麼全臺灣爸媽最愛的床邊故事、小孩集體童年陰影、人氣最高的反派角色之史上最強惡女《虎姑婆》，竟然是一位會吃人的「老妖婆」[16]？其人設與故事的背後，是否隱藏不為人知的祕密？

好奇心驅使我一邊創作小說，一邊深入研究《虎姑婆》，意外發現虎姑婆非常國際化，東亞各國如臺灣、中國、日本、韓國、越南、新加坡等地，竟然都流傳著相同的故事：老虎、熊、狼或妖怪會假扮成姑婆、外婆或媽媽等女性長輩，在夜晚接近小孩並且吃掉他們。（推眼鏡）這究竟是命中注定，還是意外的巧合？直覺告訴我，案情不太單純，有必要好好抽絲剝繭一番。

秉持追根究柢的研究精神（捲袖子）以及想幫虎姑婆翻案的想法，鏘鏘——一位青春陽光有活力、美貌與智慧兼具、有事沒空都在山林裡蹦蹦跳跳的虎族開朗少女「小金」在我的腦海裡華麗誕生，並展開一段奇幻冒險之旅。

二〇一九年二月一日，《虎姑娘》開始在香港網路文學平台 Penana 上連載，直到二〇二〇年四月五日以七十八回收官。期間獲得許多讀者回饋：

「小時候聽完虎姑婆的故事後，有好一陣子不太敢睡覺。」

「小時候看到繪本裡的虎姑婆張開血盆大口，將弟弟一口吞掉，從此產生心理陰影。」

「我因為同時看了虎姑婆和漢聲《中國童話》的地獄篇，導致恐懼感無限加成。」

「我原本已經忘記虎姑婆的故事，被妳提醒之後全身起雞皮疙瘩！」

「欸，虎姑婆好可怕但《虎姑娘》好溫馨，有種《怪獸電力公司》的FU。」

在讀者們的支持與鼓勵下，我一方面持續蒐集資料、豐富故事內容，另一方面也積極尋求實體出版的機會。二〇二二年十月，我帶著《虎姑娘》前往韓國釜山，參加亞洲內容暨電影市場展（Asian Contents & Film Market, ACFM）釜山故事市場，受到韓國影視公司採購們的熱烈回應，由於韓國也有類似虎姑婆的故事，因此大家都對《虎姑娘》非常感興趣，紛紛敲碗實體出版及外譯。

在後續研究中，我發現在馬來西亞、越南、印尼爪哇及蘇門答臘、印度等地，傳說有些人能變身為老虎，稱為「虎人」。例如曾隨鄭和三次下西洋的馬歡，將他在下西洋遊歷各國的親身經歷撰寫成書，名為《瀛涯勝覽》，其中「滿剌加國」（即麻六甲蘇丹國，現為馬來西亞）記載：「山出黑虎，比中國虎略小[17]，其毛黑色，亦有暗色花毛虎。亦有虎為人，入市混人而行，自有人識者擒而殺之。」[18]

等等，人為什麼能變成虎？這也太不科學了！變身的原因與方法為何？如果真相只有一個，合理的答案又是什麼？

多年來，我就像是一人真相調查委員會，在律師工作之餘苦苦追尋與虎姑婆有關的一切，部分研究成果已融入本書故事中，有些則淪為遺珠。望著堆疊成山的研究資料，我覺得若未進行系統化的整理，似乎有點可惜。於是從二〇二三年大年初三開始，我又花了一年半的時間爬梳資料、整理書寫，更在不知不覺中又蒐集到更多資料（苦笑），期間還遠赴韓國首爾及德國法蘭克福參加國際書展，試圖發掘更多關於虎的故事。最後將所有心血結晶化為本書的解說卷——《虎姑婆調查報告》。

夢、原型、神話及藝術是人類潛意識心靈流露的象徵，它們同時也能反向影響潛意識。本書以神話、民間故事、夢、冒險與成長為創作題材，透過將神話與民間故事中的符號、象徵與原型融入全新的故事情節與角色建構中，展現人類心靈的普遍性及深層情感。再藉由角色在奇幻世界中的冒險與成長、面對內心挑戰與超越困境的英雄旅程，試圖帶給讀者啟發與共鳴、自省與反思。因此本書不僅僅是筆者內心世界的探索與開箱，也是引導讀者探索自我意識與心靈深處的媒介。如此大膽（搞死自己）的嘗試，亦使本書及《虎姑婆調查報告》可能成為本人有限的創作生命中，具重要性及代表性的作品。（咦？可以這樣自己說嗎？）

本書的出版首要感謝秀威資訊科技股份有限公司宋政坤總經理、鄭伊庭經理以及劉芮瑜編輯，謝謝您們的賞識與辛勞，使虎姑娘得以最完美的姿態呈現在世人面前，由衷感激！

謝謝惠賜推薦文的陳培瑜委員、林庭毅老師、秀霖老師；掛名推薦的邱常婷老師、海德薇老師；撰寫推薦短語的林孟寰老師、曹琬玲老師，還有繪製本書封面的麻繩老師、排版專員陳彥妏及王嵩賀美術設計。有了您們的加持，使本書更添光彩，真心感謝！

特別感謝多年來詳讀各版本內容並給予實用建議的摯友蔡筱涵女士，以及在律師之路及寫作之路上全力支援我的謝良駿律師，謹將這本書獻給你們。

最後我想謝謝所有愛護我的讀者們，如果您喜歡《蓬萊島物語之虎姑娘》，也懇請多多支持本書的姊妹作《虎姑婆調查報告》。未來我將以系列作品為目標，持續創作更多關於臺灣的小說，同時進行調查研究，敬請期待！

15 提出相同質疑者，請參見簡齊儒，〈臺灣虎姑婆故事之深層結構——以自然與文化二元對立觀之〉，《成大中文學報》，第四十三期，二〇一三年十二月，頁二七二至二七三；張依依，〈小紅帽與虎姑婆的原型、原型故事模式分析及其對傳播效果影響之探討〉，《實踐博雅學報》，第二十八期，二〇一八年七月，頁三十四。

16 有見解認為，將女性與鬼魅意象結合，或與瘋狂、醜怪等負面特質連結，始於父權社會對於女性恐懼、憎惡情緒的想像，因而將其貶抑化、賤斥為理性權力中心的邊緣位置。於是瘋狂、不潔、醜怪、焦慮、歇斯底里成為一個女性鬼魅特質的符號群體。參見陳秀華，《臺灣女鬼：民俗學裡的女鬼意象》，臺灣東販，二〇一八年七月，頁二四七。

17 滿剌加國的虎是馬來虎（Harimau Belang），分布於馬來半島南部的馬來西亞與泰國境內，體型較小，是二〇〇四年新確認的老虎亞種。

18 馬歡，《瀛涯勝覽》。

釀冒險84　PG3061

蓬萊島物語之虎姑娘

作　　者　Aris 雅豊斯
繪　　者　麻　繩
責任編輯　劉芮瑜
圖文排版　陳彥妏
封面設計　王嵩賀

出版策劃　釀出版
製作發行　秀威資訊科技股份有限公司
114 台北市內湖區瑞光路76巷65號1樓
電話：+886-2-2796-3638　傳真：+886-2-2796-1377
服務信箱：service@showwe.com.tw
http://www.showwe.com.tw
郵政劃撥　19563868　戶名：秀威資訊科技股份有限公司
展售門市　國家書店【松江門市】
104 台北市中山區松江路209號1樓
電話：+886-2-2518-0207　傳真：+886-2-2518-0778
網路訂購　秀威網路書店：https://store.showwe.tw
國家網路書店：https://www.govbooks.com.tw
法律顧問　毛國樑　律師
總 經 銷　聯合發行股份有限公司
231新北市新店區寶橋路235巷6弄6號4F
電話：+886-2-2917-8022　傳真：+886-2-2915-6275

出版日期　2024年12月　BOD一版
定　　價　350元

讀者回函卡

Printed in Taiwan

國家圖書館出版品預行編目

蓬萊島物語之虎姑娘 / Aris雅豊斯著. -- 一版.
-- 臺北市 : 釀出版, 2024.12
面；　公分. -- (釀冒險 ; 84)
BOD版
ISBN 978-626-412-004-3(平裝)

863.57　　113014803